LAISHI DE LU
来时的路

亲历者讲述红色故事

挺作南天柱

冯白驹 等◎著

史延胜　孙召鹏◎编

中国文史出版社

图书在版编目（CIP）数据

挺作南天柱／冯白驹等著；史延胜，孙召鹏编．--
北京：中国文史出版社，2024.12. --（来时的路：
亲历者讲述红色故事／朱冬生主编）. -- ISBN 978-7
-5205-4773-4

Ⅰ. I251

中国国家版本馆 CIP 数据核字第 20242PN101 号

责任编辑：金　硕　胡福星

出版发行：**中国文史出版社**

社　　　址：北京市海淀区西八里庄路 69 号　　邮编：100142

电　　　话：010-81136606/6602/6603/6642（发行部）

传　　　真：010-81136655

印　　　装：廊坊市海涛印刷有限公司

经　　　销：全国新华书店

开　　　本：700mm×1000mm　1/16

印　　　张：16

字　　　数：153 千字

版　　　次：2025 年 1 月北京第 1 版

印　　　次：2025 年 1 月第 1 次印刷

定　　　价：72.00 元

丛书编委会

总　主　编　朱冬生

执 行 主 编　史延胜　金　硕

执行副主编　吕　鹏　任德才　左厚锋

编　　　者　庞召力　孙召鹏　丁　伟　杨顺雨

彭　曾　倪慧慧　冯长青　牛胜启

冯华安　刘英芳

选题缘起

一是贯彻落实习近平总书记提出的"要讲好党的故事、革命的故事、根据地的故事、英雄和烈士的故事，加强革命传统教育、爱国主义教育、青少年思想道德教育，把红色基因传承好，确保红色江山永不变色"重要指示精神，深入挖掘红色资源，丰富精神宝库。"采取青少年喜闻乐见、易于接受的形式"，讲好"四个故事"、加强"三个教育"，以高度的历史自觉培育有理想、有本领、有担当的时代新人。抚今追昔、鉴往知来，不忘初心、牢记使命，始终牢记"我们走得再远都不能忘记来时的路"，让信仰之火熊熊不息。

二是引导人们树立正确的历史观。中国共产党百年非凡奋斗历程为我们留下了丰厚的精神遗产，随着时间的推移，现阶段人们尤其是年青一代对当年那一段血与火的历史已渐感陌生；网络时代媒体传播的多元化，极大丰富了人们的信息资源，但在一定程度上也干扰了人们对历史的正确认知，特别是关于党史和军史，存在不准确甚至不正确的史料传播。本丛书旨在通过收集和整理史料，让历史说话，用史实发言，为人们树立正确历史观提供翔实资料。

三是文史资料再开发的尝试。现存的权威军史资料大都时日已长，为防止宝贵的红色资源湮没在历史尘埃中，迫切需要对其进行深度挖掘、梳理整合，以"亲历、亲见、亲闻"的"三亲"史料的形式，让红色资源以新的体系、新的样态呈现在世人面前，更好地发挥教育功能。

编选原则

一是坚持正确的政治立场。牢牢坚持党性原则，牢牢坚持马克思主义新闻观，牢牢坚持正确舆论导向，牢牢坚持正面宣传为主。

二是主题鲜明。丛书反映了中国共产党团结带领中国人民，以"为有牺牲多壮志，敢教日月换新天"的大无畏气概，书写了中华民族几千年历史上最恢宏的史诗；展现了坚持真理、坚守理想，践行初心、担当使命，不怕牺牲、英勇斗争，对党忠诚、不负人民的伟大建党精神。

三是史料权威。丛书内容来源于《中国人民解放军历史资料丛书》《中国抗日战争军事史料丛书》《中国工农红军长征史料丛书》所收录的文章及老一辈革命家的回忆录等。涉及党内路线斗争的题材概不收入；涉及犯有重大错误的人员的情况只做客观描述，不做评述；理论性较强，不便于一般读者理解的文章慎重选录。

四是注重"三亲"性。所选文章紧扣"亲历、亲见、亲闻"的特点，内容感人至深、思想丰富深刻、语言通俗易懂，为加强红色资源的故事化提供生动范例，做到知识灌输与情感培养并举。

卷册专题划分

一是在纵向上按照中国革命的历史进程，讲述了土地革命战争时期、抗日战争时期、解放战争时期及新中国成立初期的党史和军史故事。

二是在横向上各个历史时期再按区域或按部队序列进行分述。如土地革命战争时期的各地武装起义，按照当年武装起义比较集中的地区，如湘赣、湘鄂西、鄂豫皖、苏浙闽沪、陕甘等分别编辑成册。抗日战争时期，按照八路军第一一五师、第一二○师、第一二九师、新四军、华南抗日游击队、东北抗日联军等分别编辑成册。解放战争时期，按照第一、第二、第三、第四野战军和华北军区部队，以及剿匪斗争、策动国民党军起义投诚等分别编辑成册。后勤工作、军队院校等特殊领域，单独成册。

囿于文史资料的自身特点，作者个人身份立场、视野角度不同，一些人撰稿时年事已高、事隔经年，记忆恐有偏差，细节难求完全准确，有意偏重或弱化亦难避免。对此，我们力求维持原貌，体现多说并存，只对一些显而易见的讹误进行了谨慎订正。诚然如此，由于我们能力水平和主客观条件的限制，难免有疏漏之处，恳请广大读者批评指正！

编　者

2024 年 6 月

　　从 1934 年下半年到 1937 年全民族抗战爆发，红军主力相继战略转移后留在长江南北的一部分红军和游击队，在党的领导下，在人民群众的支持下，展开了艰苦卓绝的游击战争。1934 年 10 月，中央红军主力撤出根据地时，中共中央决定成立苏区中央分局和中央军区，以项英为分局书记兼军区司令员和政治委员。成立以陈毅为主任的中华苏维埃共和国中央政府办事处。在项英和陈毅的率领下，留在根据地的部队在策应、掩护了主力红军战略转移之后，进行分散突围，开展游击战争。由于众寡悬殊，也遭受重大损失。与此同时，在闽北、闽东、闽中、闽粤边、皖浙赣、浙南、湘南、湘鄂赣、湘赣、鄂豫皖边、鄂豫边以及琼崖等地区，党组织和红军游击队也都紧紧依靠群众，开展了不屈不挠、英勇顽强的游击斗争。面对国民党当局频繁的军事"清剿"和严密的经济封锁，南方各游击区的红军和游击队采取灵活机动的游击战术和巧妙的斗争策略，同敌人周旋。他们经常出没于崇山峻岭和茅草密林之间，昼伏夜行，风餐露宿，艰苦备尝。在全民族抗战爆发后，琼崖红军游击队改编为广东民众抗日自卫团一部，在海南岛进行抗日斗争。本书收录的文章绝大部分是游击区红军和游击队将士亲身经历的事件和战斗，也有部分革命群众的感人回忆，真实记录了琼崖游击区的红军和游击队，在当地共产党组织的领导下，在人民群众的支援与掩护下，利用各种有利地形，与国民党军和地方保安团队的持续"清剿"进行斗争，积累了丰富的游击战争经验，牵制了大量的国民党军，在战略上配合了主力红军的行动，为土地革命战争做出了重大贡献，并为琼崖地区人民进行抗日战争保存了骨干力量。

目录

1

2

琼崖游击战争年代的冯白驹同志[*]

马白山　林克泽　吴　之

冯白驹同志是海南省琼山县人，1905 年 5 月出生在一个石匠的家里。他 21 岁时，在上海大夏大学预科学习，受到俄国十月革命的影响，接受了进步思想，但因家境贫穷，没法接济他读书，便回家乡参加革命工作。他和其他领导同志领导海南人民坚持了 23 年革命武装斗争。周恩来同志赞誉海南革命斗争"红旗不倒"，还称赞"冯白驹同志是琼崖人民的一面旗帜"。

冯白驹同志能够领导海南人民坚持长期武装斗争，保持"红旗不倒"，一个重要原因，是在他身上有一种坚韧不拔、百折不挠的钢铁意志和革命精神。他在琼崖游击战争年代的斗争史实，便生动地体现了这一高贵品质。

1932 年秋，国民党陈汉光旅，集中优势兵力，陆空配

---

* 本文原标题为《坚韧不拔　百折不挠——缅怀琼崖游击战争年代的冯白驹同志》，收录时做了适当修改。

1

合，"围剿"我红军和苏区，红军遭到严重损失，苏区被严重摧残，琼崖基层党组织大都被破坏，苏维埃各级组织解体，特委和省委、党中央的联系也中断了，许多党员和红军战士打散后隐蔽起来了。不少村庄被烧，不少劳动人民被逮捕杀害，这是琼崖革命斗争史上最低潮的时期。能让革命红旗倒下去吗？冯白驹同志的回答是：不。他带领特委机关、苏维埃政府和红军100多人上母瑞山坚持斗争，他坚信革命的火种一定会再燎原。

母瑞山山高林密，虽然便于隐蔽游击，但没吃没穿，天天被敌人"搜剿"追击。战友们有的战斗牺牲，有的病饿而死，最后只剩下26名坚强的干部、战士。他们在母瑞山辗转将近一年，过着大地为床、星月为灯、树叶为被、野菜生果充饥的原始人生活。在艰苦环境下，冯白驹同志依然坚定乐观，他利用敌人"搜剿"的空隙哼哼琼戏，请王业熹同志吹笛子，其他同志敲石头，借以伴奏，以活跃大家的情绪，鼓舞斗志。他还诙谐地对大家说："敌人把我们关进了炼丹炉，我们都像孙大圣一样炼就火眼金睛，钢身铁骨，待日后冲破炼丹炉，我们的神通就更广大了。"后来，冯白驹同志一次一次派人下山，摸清了敌情，带着这25名同志突破重围，回到琼山，找到了琼文县委书记李黎明同志，以及王白伦、黄魂、刘秋菊等同志。

在冯白驹同志主持下，他们开了个临时会议，分析了斗争形势，指出敌人是绝对消灭不了我们革命力量的，有群众的存在，就有我们的同志存在。眼下我们身边有 30 人，20 多支枪，我们要分散到各县去，以各种职业为掩护，联络自己的同志，重新恢复党的组织，建立红军游击队，积极打击敌人，用胜利的战斗去告诉人民，共产党和红军还有力量，敌人是消灭不了我们的。会议决定将王白伦、黄魂等同志调回特委直接领导琼文苏区工作。为恢复以六连岭苏区为中心的东部地区工作，派李黎明同志为乐万县委书记，开展对敌斗争。为加强南区（包括儋县、昌江、感恩、陵水、崖县）党的活动，派符明经、李汉、王业熹、冯安全四同志到南区，找到林克泽、张开泰、林诗耀、林豪等同志后以尖峰岭（即红五连所在地）为根据地加强儋、昌、感、陵、崖党的工作。

在以琼山为中心恢复重建党组织的工作中，冯白驹等同志在夜间活动，白天潜伏在山村中。每个人一把雨伞，一条布，一支枪，从一个村庄转移到另一个村庄，依靠一些革命老妈妈的帮助，从群众中得到一点点粮食接济，逐渐寻找失散在各乡村的党组织成员。经过半年的努力，大部分革命村庄都恢复了组织，广大人民群众继续兴奋地、勇敢地支持革命。这时，一支精干的武装部队也组织了起来。红军游击队在冯白驹的指挥下，时而在东，时而到西，神出鬼没地伏击敌军，偷袭民团，弄得敌人草木皆兵、寝食不安，只听枪声响，不见红军影，以为红军到处都有。人民群众听到红军袭击敌人的枪声，则喜形于色，奔走相告："红军回来啦！到处都有。我们又有盼头了！"就这样，在冯白驹的领导下，经过三四年异常艰难的斗争，又健全了特委领导机构，恢复了各县党组织，并于1936年5月成立了琼崖红军游击队司令部。琼崖武装力量又得到了发展，红军游击队有60余人，分散在各县的"在业红军"约200人。琼崖武装斗争的旗帜，又高高擎起。

1937年7月，冯白驹和特委根据党中央《为抗日救国告全体同胞书》中关于建立抗日民族统一战线的政策精神，致函琼崖国民党当局及其驻军，提出停止内战，团结抗日，双方进行谈判的建议。他还在《救亡呼声》等公开刊物上发表文章，进行团结抗日救国的宣传。派出李黎明代表中共琼崖特委和琼崖红军，前去与国民党当局谈判。可是琼崖国民党当局毫无诚意，竟在谈判期间的10月的一天，于琼山县塔市乡演村逮捕了冯白驹同志和他的爱人曾惠予同志，强迫他交出工农红军。威逼显然不能使他屈服，敌人又对他封官许愿，这也只能使他轻蔑地一笑。在狱中，他一直义正词严地揭露国民党反动派不顾民族利益，阻挠国共谈判联合抗日的罪恶阴谋，因而得到了府城、海口地区广大爱国人士的同情和支持。同时经过党中央周恩来同志和叶剑英同志直接与国民党当局交涉，要国民党当局无条件释放冯白驹同志。敌人不得不释放了冯白驹同志和曾惠予同志。接着特委任命冯白驹同志为代表，继续与国民党当局谈判。由于国民党没有团结抗战的诚意，谈判拖延一年多。冯白驹同志始终按照党中央的指示，坚持我党我军在抗日民族统一战线中的独立自主原则，努力争取国民党中的爱国分子的同情和支持。特别是通过府城、海口地区党组织宣传发动群众，开展抗日救国的活动，集会游行示威，呼吁国共合作，给国民党当局施加压力，最后迫使国民党当局接受我党团结抗战的主张，于1938年10月达成了谈判协议，建立了琼崖抗日民族统一战线。

12月5日，根据谈判协定，琼崖红军游击队在琼山县云龙圩，改编为广东民众抗日自卫团第十四区独立队。冯白驹任队长，辖3个中队共300多人。冯白驹非常珍惜这支经过艰难奋斗建立起来的队伍，他把主要精力放在培育这支革命武装上，亲自给战士们上政治课，讲红军的优良传统作风，和战士们一起进行军事技术、战术训练，使这支武装的军政素质和作战能力不断提高，成了冲杀在琼崖人民抗战最前线的一面红旗。

坚定的无产阶级革命家，总是在革命的关键时刻显示出伟大的胆略和坚韧不拔的毅力，看清光明前途，认定前进的方向。冯白驹同志在琼崖游击战争年代的征程，体现了他坚韧不拔、百折不挠的革命精神，使人们时时想起南海之滨的天涯海角，有一巨石，基底深埋，拔地而起，仰望高天，屹立于群岩峭壁之间，狂风撼不动，恶浪打不移，果真是"南天一柱"。

挺作南天柱

冯白驹

1932 年秋，国民党陈汉光部向我们进攻，来势迅猛，且有飞机配合。首先向我们活动在琼澄地区的第二团进攻，第二团被包围在羊山、儒郭山，奋战一个星期，无法突围，损失惨重，仅有 200 多人在突围后回到师部。接着反动军又集中力量向我们领导机关驻地琼东苏区进攻，经过两天战斗，给敌军一定杀伤后，我们领导机关和第一团主力即向母瑞山撤退，留一部分红军力量和娘子军在原地活动，展开游击战，牵制敌人。

我们向母瑞山撤退后没几天，敌人又进驻母瑞山外围地区，强迫山脚群众迁移，逐步围困我们，企图消灭我们于母瑞山。我们第一团主力和第二团一部分力量，经过将近两个星期的战斗，感到难于打破敌人的逐步包围，且因粮弹缺乏，就决定突围分散活动，由师部带领部队突围，特委、琼苏和一个警卫连留在母瑞山后方活动。部队突围中，被敌人追击，部队溃散。政委冯国卿英勇牺牲，师长王文宇带领一部分力量撤退到乐会万宁地区，配合原在该地活动的第三团进行战斗。但在敌我力量悬殊的条件下，处处受"围剿"追击，师长被捕壮烈牺牲，部队溃散。

部队突围后，我们在母瑞山也天天和敌军周旋，那时主要是避免和敌军接触，隐蔽目标，因而过一段时间后，敌军向母瑞山的进攻在一定程度上就放松了。但是，那时外边情况如何，我们均不知道。我们为了和外边取得联系，就把警卫连分批分路派出去，探听外面的消息和取得联系。但是每次派出的武装和干部均没有回来，经过几次这样的派出以后，全连武装仅存了22人，我们不敢再派了。我们几个干部和22名武装同志，在母瑞山坚持了一年多的时间，中间又牺牲了两名武装同志。

我们除身上带有一支枪外，什么都没有了。吃的是地瓜和"革命菜"（山上一种野菜，我们命名"革命菜"），冬季山上也非常寒冷，我们用香蕉叶做草席来睡，盖的也是香蕉叶。八个月多一点时间，没有吃过一粒米、一滴油和盐，肉就更不要说了。但是环境如何恶劣，生活如何困难，都丝毫不能动摇我们革命的决心和斗志，我们坚决相信革命是一定要胜利的，只要我们坚持下去，黑暗是暂时的，光明总有一天会到来的。我们是革命的乐观主义者，对恶劣的环境没有任何悲观失望。

同时我们也认为老坚持在这个山上也不是好办法，一定要下山去，到群众中去进行工作，迎接新的斗争到来。因此，大家经过研究，于1933年农历年关，下山到琼山的新兴去。由一个在这个地方的女炊事员同志带路，经过两个夜间的行程到达了该地。到该地后，该女同志回村找同志时，就被坏人通知国民党乡丁来抓走了。我们随即在当天晚上离开该地，重回母瑞山。往何处去，是一个大问题，最后决定回琼山我的老家去，然后再想办法找该县的同志。因为我过去在琼山工作过，所以我们又于1933年4月，日伏夜行，经过三天三夜的行程，20个武装同志和5个干部顺利地到达我的老家。到达我老家后，一方面秘密地隐蔽在村边的山中，全靠我村中同志送吃的；另一方面则派村中同志，向各方面了解琼山县委何在和活动的地方。经过半个月时间，琼山县委的一些同志终被找到，我们胜利会合了，同志们喜出望外。但环境的恶劣，又是一件苦恼的事，我们30多人的吃住问题如何解决，就是难题。但是革命工作总是在克服困难中前进的，任何困难都不会吓倒我们，终会被我们克服。

当时琼山县仅存五位同志，环境非常恶劣，所有村庄都被敌人控制。敌人推行保甲制度，进行"五户联保"来压制群众，并且经常搜山和逮捕、屠杀同志。虽然如此，在十分恶劣的环境中，还有一些同志和群众勇敢地接济我们、掩护我们。特别是一些女同志和老阿婆在这时更起了作用，接济我们的吃用，替我们传达消息和信件，帮助我们工作，解决我们的困难。

这时我们和省委已中断联系，特委当时研究，现在的中心问题是如何恢复工作，并在恢复工作过程中积累和准备力量，迎接新的斗争。这是我们当时的指导思想和我们总的要求，在这个指导思想和总的要求下，我们决定把20个武装同志组成4个小组，分散到各县去活动，白天埋伏在山中，夜间出来活动，找查是否存在工作同志，进行工作恢复，并寻机打杀反动派。同时，各组又要互相取得密切联系，哪里有机会就集中突击或分散活动来打击敌人。所以，当时我们虽仅20位武装同志，但有时在这个县化装袭击敌人，有时又在那个县埋伏打击敌人，使敌人看来，我们的力量到处都有，摸不到我们的底。一些干部和同志则利用职业，到琼崖西边的新区各个县去进行公开活动，开展新区工作，组织了琼西南工作委员会，由符明经同志主持，领导新区工作。虽然做了一些工作，但未能把新区恢复起来，便解散了工委，新区工作另建县级的领导机关进行工作。

我们几个人在琼山活动，也是白天分开找小山藏起来，夜间则集中起来，找与有联系的群众，或到和群众约定的地方去接头，交代任务，进行活动，恢复工作。吃饭也是同志们自己动手，在做饭时怕火冒烟升天暴露目标，用被子把做饭的地方围盖起来。大家吃好饭后，就决定明晚的工作活动和明天分散藏身及明晚集中的地方。在恢复工作过程中，注意在群众中组织地下武装队伍，看具体情况以村或联村为单位，组织班、排、连，在必要时调动参加打击国民党区乡反动武装的战斗。

经过两年多时间的艰苦奋战，各县工作均逐步恢复起来，县、区、乡党的领导机关和支部也在逐步建立起来，到1936年的时候，工作则进一步地恢复了，环境也逐步好转一些，我们工作同志有时也秘密住到村中同志们的家中去了。其间，特委和琼山县委几位同志，包括我在内，在进行工作活动中遭过敌人两次包围袭击，牺牲了两位女同志。

在这个时期，从1931年后到1937年，我们是和上级失去联系的，找不到上级，在香港找不到省委，在上海找不到中央。我们曾派一位同志，名叫陈玉清，到上海住了一年多找不到中央。大概是1937年，才和省委取得联系，恢复了领导关系。

1937年卢沟桥事变后，我们从回乡侨胞中看到党的《八一宣言》，了解了当时党对抗日的政治主张。因此，特委为了达成海南的团结抗日，便向海南国民党当局写了一封信，提出谈判改编我们的部队共同抗战。这个要求得到他们同意，经特委讨论派李黎明同志为代表，到海口和陈章师部的代表林序东进行谈判。但在谈判中，他们的阴谋是通过谈判，吃掉我们的武装部队，否定我们提出的在政治上独立自主的原则，要将琼崖红军改编为陈章师部下属的一个大队，结果谈不成。

1937年农历九月我不幸被捕，到农历十一月被释放时，国民党海南当局提出要求，要我们继续派出代表和他们谈判，改编部队，共同抗战。我回特委后，经特委讨论决定，派我为代表和他们进行谈判。从 1938 年起，我去府城和他们进行接触谈判，并在府城租了一间小屋子，有一位女同志名叫符顺莲同我一起住，她的任务既是搞一般杂工，也是负责通信联络工作。在谈判期间，我曾一度到广州八路军办事处，请示过这个谈判改编部队问题，得到上级指示：谈判改编队伍的根本问题是，要达到我们在政治上组织上独立自主的原则和要求，这个问题如果达不到，根本没有谈判的可能。我和国民党进行谈判，始终坚持这个原则和要求。当时，我方就是我一个，国民党方面是第十四统率区副司令杨永仁、参谋长吕承文和一两个随员。他们的目的还是在搞阴谋，始终坚持否认我们在政治上组织上独立自主的原则和要求，提出要编为他们统率司令部领导下的一个大队，接受他们的直接领导，通过这样来吃掉或消灭我们。我则据理力争反驳他们的错误意见，和他们争论不休。他们虽知理屈，但是一味坚持不改，自然我也绝对不能向他们让步，坚持我们的原则和要求。这样，和他们谈了几次，问题终不能得到解决。但是客观形势对我们是有利的，一是广大人民群众和社会舆论的压力，迫切要求达成两党合作抗战；二是广州失陷，情势非常吃紧，日本入侵海南迫在眉睫；三是海南成立了守备司令部，由王毅任司令，海南又没有正规军，守备力量很薄弱，王毅急需和我们合作。当时，我找王毅谈了这个问题，王毅在改编我们队伍上同意我们的原则和要求。这个根本问题解决了，其他问题就迎刃而解了。经过将近一年时间的谈判终于达成协议。根据协议，为了共同抗日，我们部队在坚持政治上组织上独立自主的前提下，更名为广东民众抗日自卫团第十四区独立队，后来简称海南人民抗日自卫团独立队，按 1 个大队编制，下辖 3 个中队，以我为独立队队长，共 300 多人；独立队及下辖 3 个中队副职，由国民党选派，并经我们同意；独立队队部设政训处或室，人员由共产党选派，设正副主任各 1 人；供给按照 1 个营的编制发给。

1938 年 12 月 5 日，在琼山县云龙圩成立独立队。这一天，各地老百姓有 1 万多人来观礼，并送了不少吃用的礼物慰劳我们，个个喜形于色、快乐异常。王毅也来参加，并讲了话，主要讲一些勉励抗日救国的话。特委同志也有人去看热闹，但不露面。独立队的成立，是海南人民革命斗争的转折点，这是个胜利的节日。1939 年 2 月 10 日，日本帝国主义入侵海南，我们的队伍就转入了新的斗争。

革命摇篮母瑞山*

冯白驹

1932 年，明媚的南岛之春被战神拖进了火和血的狂涛里。

白匪集中了强大的兵力，向我们紧紧地追赶着，敌机掠过田野和村庄，低压着椰林树梢，发着怪叫在我们前后左右俯冲扫射和轰炸。炸弹的轰鸣在山谷中引起长久的回响，大地在动荡。

战火烧焦了百花，战火灼热了红色战士的心。

情况万分危急。中国工农红军琼崖独立师日夜兼程，从四面八方向母瑞山集拢。

母瑞山面对着海南岛的重镇嘉积镇，是五指山东延的一支山脉，山势险要，云彩在她半腰里缠绕，山林遮天蔽日，她是海南革命的摇篮。1927 年，海南第一次大革命失败之

---

* 本文节选自《红旗不倒》，收录时做了适当修改。

后，革命的火种在这里得到掩护，又从这里掀起革命的狂澜，一直冲击着敌人反动统治中心海口市。如今，我们又要在这里和敌人周旋。

红军带着连日奔波的疲劳赶到这里的时候，坐着汽车的白匪军，也追到了山下。敌人把母瑞山重重包围起来，妄图在这里把我们斩尽杀绝。母瑞山上展开了激战，漫山遍野的白匪军向山上压缩。

"把敌人打下去！"师长王文宇呼喊着、命令着。每个山谷、每个山头都在战斗。炮火连根掀倒千年古树，土块、木屑、碎石挟着弹片像倾盆大雨，崩到红色勇士的身上，他们英勇地击退敌人一次又一次的冲锋。敌尸横塞着山沟，勇士们的鲜血也染红了山头。

激战不分昼夜地持续了十几天。敌人无法攻上母瑞山，但他们也无撤退的打算。战斗还要残酷地绵延下去。

师长王文宇坐在地上，正用盐水来洗他那烂了的双脚。总务三爹（同志们都这样尊敬地称呼一位年纪较大、管总务的同志，连他的真姓名都忘了）走到师长跟前报告："师长同志，我们的粮食快完了。"

"什么？"不知是因为枪炮声震得他听不清，还是他不相信自己的耳朵，王师长抬起头来重重地反问。

"只有一天的粮食了。"三爹伸出一个手指头，低声说。

王师长的脸色顿时变得十分难看。他那闪闪发光的眼睛，也显得阴郁了。我在旁边万分焦急，这就是说全师和所

14

有的党政机关领导人员，将面临绝粮的危机。历史上有多少军队，并不是他们没有战斗意志，就是因为弹尽粮绝而最后失败的啊。

"通知全师煮粥吃！"师长从牙缝吐出了这句话。三爹敬了个礼，转身向森林深处去了。

在断续的枪声中，中共琼崖特委召开了紧急会议，研究当前的情况和我们的对策，认为敌人集中强大的兵力来围攻我们，目的在于与我决战。如果我们全部长期死守在母瑞山，就是再守一个时期，再消灭一些敌人，但这样孤军困战，最后必陷于绝境。因而决定由王文宇、冯国卿同志率主力部队突围，分散敌人，击破敌人对母瑞山的围困。

夜里，我和琼崖工农民主政府主席符明经、秘书长王业熹、共青团特委书记冯裕深等同志站在山上，听着突围方向发出的爆豆似的枪声，看那拖着长长的红尾巴的流弹飞舞，一夜都没有合眼，谁不在为自己同志的安危而担心！

翌日，天蒙蒙亮，留在母瑞山坚持斗争的领导机关和两个警卫排共 100 多人便往山顶上撤退了。阳光普照大地时，山脚下没有了枪声。四野静悄悄，母瑞山像是疲劳了，她要睡了。我目瞩远方，处处椰林成荫，宽大的亚热带植物，婀娜地摇动着它的叶子。银光闪闪的万泉河，匆匆向东奔流。稻田郁绿如绒毯。村庄微露，隐现在椰子林间。如画的南岛春色啊，却看不到放牧的牛羊，找不见耕作的农民。

"嗒嗒嗒……"突然远方传来了一阵机枪叫，接着机枪声中伴和着密集的手榴弹爆炸声。

"那不是乐会吗?"大家朝我手指的方向看去。枪声更加激烈了。

"我们主力突围的方向呀!"

南边也传来了枪声。

"莫不是队伍冲散了?"王业熹担心地说。

"你怎么尽往坏处想。"符明经放下遮阳光的手,不以为然地说。仿佛即使是事实,他也不愿这样想。可是看得出来,他全身都非常紧张。

我们把希望寄托在突围部队身上,愿他们早一刻送来好的消息。我们盼着,盼着。

敌人哪,看你逞凶到几时。

五天过去了,十天又过去了。每天每天,太阳从东海边升起,到被西山吞没,我们站在山巅上眺望,椰林山岗,稻田村庄,甚至连万泉河流水也越来越显得暗淡无光。母瑞山像一个负伤的巨人,偎依着五指山在悲愤、沉思。

周围的一切都好像跟我们一样,在惦念着突围的红军主力。

枪声又响了起来,就在山脚下村庄里。

火、火,好大的火呀!一个村接一个村腾起了滚滚浓烟,火舌喷向天空。我拿望远镜望去,烟火掩盖了房屋,火焰一阵旺似一阵。大地在燃烧。愤怒、仇恨的火焰也在我胸膛中燃烧。

“敌人，敌人哪！”

我的警卫员嬛忠一声尖叫，把躺着看书的符明经，正写日记的王业熹，替战士们补衣服的王惠周和李月凤等都吸引过来。大家看呀，山脚下，村庄旁，大路上，一队队的白匪军，用刺刀威逼一群群扶老携幼的老乡——我们的亲人，离开他们祖祖辈辈生息的家园。敌人在辱骂殴打，妇女和孩子在啼哭喊叫。

看着这些，我们的心都要碎了。

“狗东西，他们把老百姓都赶走，企图挖掉我们的根。”符明经愤愤地自言自语。

“唉，两军对战，为什么糟害老百姓呢？”炊事员李月凤是位软心肠的姑娘，她总是好以她那纯洁而又稚气的思想去想事情。

“你呀，又聪明又傻瓜，反动派还会管什么老百姓不老百姓？他们真是宁肯错杀一千，不肯错放一人啊！”我的爱人王惠周，这个共青团的支部书记，一边说一边把拳头握得打战。

“报告首长！”急性子战士吴天贵跑到我跟前，我以为出什么事了，他气呼呼地说，“我们再也忍耐不下去了，让我们下山去。”

吴天贵还未说完，一位排长也跑来了，后面还跟着一群战士。他说：“我代表全排要求首长给我们下命令，我们要跟敌人拼！”战士们举着枪支吵嚷起来。

"同志们，请冷静。"符明经同志严肃地制止大家，"我们是领导机关，我们留在山上不是怕死逃命，而是要保存我们的力量，领导全海南的革命，我们不能跟敌人一拼了事。"

望着愤怒的战士，我理解他们，可是我也不得不劝他们各回原位，严密注意敌人的动静。战士们跺跺脚散开了。忍耐下眼前的事，对他们来说真是无比的痛苦。

日子过得多么闷人！主力离开母瑞山快三个月了，还没有人回来联系。为什么连三爹也不回来呢？主力的安全，各县的斗争，根据地的人民，一连串的问题紧箍着我们的心。山下一点确实的消息也得不到。

在这些日子里，大批的敌人穿林攀岩"搜剿"我们，又鸣枪又呐喊，遍山都是他们的声音。但我们熟悉这里的每条山沟，每块岩石，每条小径和那不见天日的椰林深处，我们拖着敌人山前山后地打转转，跟敌人捉迷藏。敌人对我们再也想不出好办法。

这一天，我们分散隐蔽。我和符明经、王惠周、嬛忠、吴天贵躲藏在一个石洞里。洞子很窄，天气又闷热，大家袒开怀，用帽子扇风，默默地听着敌人搜山的动静。近了，被搅动的灌木丛发出沙沙的声响，一阵脚步声传来了。吴天贵和嬛忠在洞口的藤篱后面，朝外窥探着。他们紧握着驳壳枪，食指扣在扳机上。嬛忠轻声说："敌人朝我们来了。"大家各抄家伙，几乎要骚动起来。我连忙打手势要大家千万镇静，闭着气静静地听，一阵脚步声过去了，大家刚松一口气，又听见吴天贵连说带问："来了，打不打?"说着他的枪已伸向洞口了。我上去抓住他的手，向外一看，两个白匪兵一手持枪，一手攀着树枝爬上来了，离我们只有几步了。嬛忠圆瞪着眼，吴天贵使劲咬着下唇，我眨了几下眼皮，向他们示意：敌人不发觉我们，我们就不开枪。谁知这两个鬼东西竟在我们头顶上的石头上坐了下来，喘着粗气，两脚还乱踢乱动。

一阵皮鞋踏在石头上的声音又传来了，接着是一声吆喝："你们干什么落下来! 混蛋，是来剿匪，还是来歇凉?"

"是，报告营长……"

"不准多说，马上给我搜，共匪的师长都被人家抓到了。共匪就藏在这山上，你们都是笨蛋，连匪兵也不给我抓到一个……"

"什么，敌人抓到了我们的师长!"顿时，我的心紧缩起来。

吴天贵牙咬得发响，嬛忠好像停止了呼吸，我紧抓着他们，生怕他们控制不住自己的怒火。好容易等到敌人走了，我把敌人的话告诉符明经，他连连摇头一再说不会。不知是同志友爱情感的驱使还是其他什么原因，大家总不愿意相信王文宇同志真的遇难了。可是谁也没能力把对王师长和他带领的战士们的挂念从脑子中赶走。王师长双脚已烂，身又染病，他能领着大家突出重围吗? 担忧、悬想，一直在缠绕着我们。

夜，一弯月牙渐渐向西下沉。我们出了石洞，母瑞山上笼罩着阴沉恐怖的气氛。在约定的地点我们集合了，布好警戒，女同志动手做饭。王惠周和李月凤是最忙的人，打柴、挑水、淘米和挖野菜，还要用芭蕉叶把锅灶围起来，以免暴露火光。两个女同志忙不过来，我们几个领导干部也凑上去帮忙。

森林里没有一点亮光，火可不容易升着。湿漉漉的柴，尽冒刺鼻呛喉的白烟，就是不起火苗。两位年轻的女同志，一边一个，两腿跪在地上，曲着身子，头伸向用三块石头架着的铁锅底，鼓着嘴巴，呼呼地猛吹。火吹着了，她们的眼泪也流干了。

饭做好了，炊事员李月凤就成了指挥员，她要大家拿出椰壳碗，站好队，挨个儿分。分到最后，她和王惠周用勺子刮得锅吱吱地响，饭没有了，兑上点水吧，就这样她们常常用刷锅水来哄自己的肚子。是什么力量使得这些年轻的女同志这样忘我、这样坚强？革命，革命，革命的火种！

山脚下又响起了枪声，枪声划破了母瑞山寂静的夜空。大家都紧张起来，敌人发觉了我们做饭的火光吗？

一会儿，山涧里传来了走动的声音，越来越近，一个摇晃的黑影。

"谁？"哨兵压着嗓子问。

"我……是三爹。"

"三爹？"嬛忠、天德、天贵和我一齐迎了上去。三爹一头栽倒在地上，手中紧握着短枪。

"三爹，三爹！"同志们齐声喊，三爹急促地喘着气，不吭声。

我双手抱起他来，只觉得他全身软绵绵的。我去拉住他的左手，他全身猛一抖动。啊！血，三爹的血顺手淌在我的身上。

"三爹，你负伤了。"

"被匪徒们打伤了。"三爹忽然挺起上身说，"我的粮袋呢？粮袋……"

这时我们才发现，他背来了满满的一袋粮食，栽倒时摔在一边了。我们把他抬进树林，王惠周给他扎好伤口，喂他喝了点水，让他依着岩石。我迫不及待地问："师长他们呢？"

三爹不搭话，用手捂着脸，哭了。我熟悉这个铁汉子，多少年来我还是第一次看见他哭啊！同志们都拥挤在他身旁，等待着最不幸的消息。

好久好久，三爹才悲痛地低沉地叙说起来。原来红军主力突围未能奏效，途中被敌人前阻后击，一部分被打散了，一部分突不出重围就牺牲了。政委冯国卿下落不明。师长王文宇突围到乐会后，不幸被俘，后来壮烈牺牲了。

大家慢慢地低下头来，一阵沉默。有人泣不成声，有人抬起了头，凝视着天空中遮住月亮的一块乌云。

"那么地方上的情况呢？"符明经低声问。

"也很不好。"三爹阴郁地说,"敌人在我们周围筑了许多碉堡炮楼;我们的家属有的被杀,有的被捕。红色村庄都划为'无人区'。敌人还到处悬赏买共产党员和红军战士的头。"

"三爹,这么说,我们完了吗?"李月凤这个女孩子不是气馁,她是悲愤和担忧。

"不,我不是这么说,我只是说我们前一段走错了路,绊倒了,摔伤了。"三爹拍着自己的胸脯说,"我们永远也不会完!"

"同志们!"符明经站了起来,在黑暗中挥动着拳头,"三爹说得对,革命永远也不会完。我们要为牺牲的同志报仇。我们还有力量,只要坚持下去,就一定能够胜利!"

"对!"王业熹激动地接下去,"革命运动就像大海的潮汐,有退潮,也有来潮。我们革命战士要像在海洋里行船的水手那样:来潮不让风浪翻了船,退潮不让船搁浅。要前进!我们的任务更加重了。我们的党会像舵手那样,指引我们驶向胜利。"

王业熹慷慨激昂地讲下去。我又想到党中央,我们和中央断绝联系已很久了。如果说党是舵手的话,那么现在,一切全靠我们这几个领导同志给大家出主意了。责任的重担紧压在我们双肩上,我们必须支撑着祖国宝岛上的这面红旗!

从春盼到夏,从夏盼到冬。

趁敌人没有搜山的日子,我和符明经、王业熹、冯裕深等同志交换意见，一致认为：我们的主力确实是损失了，可是被打散的必然还在各地隐蔽。红色村庄虽然被摧残了，但敌人怎么也不能全部摧垮各地的党组织。我们这100多人处在敌人的围困中，要是全下山，目标太大，行动不便。因而，决定派少数同志分批下山，到各地联系和了解情况。

我刚把决定告诉大家，同志们就乱了秩序，争先恐后地要求：

"我去，保证完成任务！"

"我是本地人，情况熟悉！"

"我是共青团员，请相信我能完成最艰巨的任务！"

"我是党的小组长，会看北斗星认方向！"

……

大家挤成一团，有的举着枪，有的握着拳，紧紧地靠在我的面前。黑暗中我看不清他们的面孔，但我能体会到他们的心，真正战士的心。这个任务的艰巨困难，谁也知道得很清楚。他们知道山下有什么在等着他们，恐怖、艰难、最残酷的斗争，随时要准备献出自己的头颅。

"别争，共青团员自愿参加的，举起手来！"共青团特委书记冯裕深挤到最前面向大家喊。

我站到石头上去点数，越点越多。

"哪有这么多团员？"

"还有谁冒充？"冯裕深追问。

"他不是团员。"嬛忠指着身旁一个捎步枪的战士说。

"我不是团员，也不是党员，为什么艰苦的任务就轮不到我？"战士气愤了，举着的拳头仍不放下，"什么时候才是我锻炼的机会？我要求入团好几次了，组织上总说我没有经受过严峻的考验。我今天不是团员，明天会是团员的！"他几乎要哭了。

"好吧，大家都把手放下，由领导决定谁去。"我又劝慰大家一番，特别勉励了那个"冒充"团员的战士。

冯裕深把十多名精悍的战士挑选出来，我向他们交代了具体任务、联络记号等。

黄昏时分，我和符明经、王业熹一起送冯裕深和他带领的十多名战士走出茂密的椰林。千叮咛万嘱咐：要警惕，要警惕，无论如何也要回来啊。

临近山脚了，冯裕深站住了，不肯让我们再多送。我握住他的手，情不自禁地说："去吧，我们等着你们，祝……"

"哥哥！"裕深——我的亲兄弟，好久没有这样叫我了，我感到我握着他的手在颤动，他像宣誓似的说："除非牺牲了，不然一定回来！"

同志和弟兄的友爱之情，交织在我心中。我的心绪乱极了，惜别、眷恋和爱怜。明知道下山的风险，但为了革命斗争，又不能不派人下山。他向我和符明经一再要求，我们知道他当过琼东县共青团书记，很熟悉那里的情况，就答应了他。此刻，面对面站着，我仔细端详着他那坚毅、充满信心的面孔，我自豪我有这样一个弟弟和战友。我相信他一贯勇往直前、排除一切困难的精神，会在这次任务中发挥作用。

"哥哥，别难过吧。"他好像看出我的心情，"万一我们的离别成为永别，你告诉爸妈和同志们一声：裕深没有辜负爸妈和党的教养。"他突然笑了起来，"不过，这是笑话。好吧，我走啦，一定要回来的!"

我们目送他们顺着山沟，分开树丛去远了，直到消逝在暮色苍茫之中，才怀着无限的惆怅回到山上。

夜深了，山林里到处一片漆黑。我躺在铺着芭蕉叶的地上，怎么也合不上眼，脑子里映现着种种幻象。一会儿，好像看见裕深他们正在敌人的碉堡下面，踮着脚，一步一步，一声不响地越过了敌人的封锁线；一会儿，又仿佛看见他们像一群出笼的小鸟，蹦蹦跳跳地在平坦的原野上疾进。啊，他们多么自由自在呀！他们走下椰林夹岸的万泉河，手舀河水喝；他们又转入果树园，偷偷地摘下熟透了的蜜菠萝，吃个够吧……一会儿，似乎他们已巧妙地走进熟悉的村庄里，想找找哪是老房东的家，但面前只剩下一堆黑灰和瓦砾，散发着刺鼻的焦火气味。没有狗吠，没有人影，没有一点生物的气息。他们失望地走过一村又一村，好容易找到这么一家，冯裕深在敲门，好久好久，回答他们的只有他们轻轻的敲门声。

身旁的战士已经打鼾了。猫头鹰咕咕咕，似哭似笑。突然，近处传来一阵野猪撕咬的尖叫，吓得树上的猴子惊慌奔逃。山下野鹿长鸣，夜啼鸟掠过天空。但我一心只想着山下千万不要出现枪声。

"老符，你还没有睡？"我听着符明经来回地翻身。

"闷得要命，蚊子又多。你不是也没有睡吗？"

"热呀，身下的芭蕉叶都快叫我给烘干了。"王业熹也醒着，一开口就说笑话。

其实大家都在挂念着下山的同志。

远处传来一阵隐约的枪声，我们都猛然翻身站起，侧耳细听，枪声正响在冯裕深他们去的方向。顿时，我像被猛击了一棍。尽量朝枪响的地方看去，但大地天空一团黑茫茫。

"事情不好，可能他们碰上敌人了。"王业熹说。

"可能，唔，也许不会。"符明经也是这样想，可他嘴上不愿说。

各种推测、判断和设想一齐涌进我的脑海。疑惑和担忧像许多条枯藤，纠缠着我的全身，随着枪声越来越紧。

……

几天过去了。我们始终得不到冯裕深他们的一点情况，只好决定派第二批人下山去。

从此以后，每天除了和敌人转圈子，我们就站在山顶上，攀到大树上，四下张望。景色依旧，只有海风不时向我们吹来。黑夜里，我们常常都不说话，静静地谛听着周围的动静，但除了敌人打更的怪声和野兽的嚎叫，哪里有我们所一盼再盼的自己人的口哨和拍掌声音呢！

一天过去了，一月过去了。望穿了山巅密林，看腻了山谷曲径，一个人影也没有。石沉大海，我们无法测知他们的下落，只有横着心再派第三批，第四批……一次一次地盼望——盼望他们能带回真实情况和食粮，结果还是一次一次地落空，落空。

再不能派人下山了，100 多人只剩下 26 个了。敌人在山上山下的"搜剿"更加疯狂了，就是我们全部下山，也不能存在。母瑞山和我结了难解之缘。我们还要在山上坚持，等待时机。

进入"原始社会"*

冯白驹

敌人的"搜剿"再紧迫,我们都有办法应付。但饥饿、疾病和自然灾害却在严重地威胁着我们。我们是一伙与世完全隔绝的人。

总务三爹和女炊事员李月凤来到我跟前,阴沉着脸,说了他们最不愿意说的话:"粮食完了。"

这个消息并没使我惊奇,我已经知道了。前些日子,我们吃的干饭就变成每人每天分一个像拳头大的饭团,饭团又变成每人一椰壳碗稀饭,稀饭又变成锅巴煮的清汤。昨天我端起清汤,已清楚地照见我的影子,我吃了一惊,这是我吗?满脸胡子,头发像一团乱草,脸庞消瘦得不成个样子。再看着眼前的三爹和李月凤,好像才发觉他们已瘦得皮包着骨头,面色灰暗,我不由得一阵心酸。

---

* 本文节选自《红旗不倒》,原标题为《进入"原始社会"以后》,收录时做了适当修改。

"怎么办？一粒米都没有了。"李月凤在催我们想主意。三爹也在叹息。

"叫母瑞山给我们想办法，你们看！"王业熹好像很有主见地指了指周围，"这么多的树叶野草，还能饿死人？鲁滨逊漂流在荒岛上，也没有谁给他粮食呀！"他的笑话又来了，说得大家哈哈大笑。

一个偶然的机会，使我们找到了一块苗家"刀耕火种"的番薯地，番薯已被野草和灌木淹没了。看来这地已很久没人来料理，它的主人大概被白匪军杀害了。从此，每天夜晚我们都来挖番薯，不分干部战士，放好警戒，挖了就跑，还不能留下一点痕迹。这样我们又熬过了两三个月。我们下定决心，将来形势好转，一定要重谢那块番薯地的主人，如果他还活在人间。

番薯吃完了，三爹带着李月凤和王惠周东寻西找，凡是能放进嘴的，他们都要尝尝，苦的、酸的、涩的、麻的、有股恶臭味的，能下肚的实在不多。没有敌人搜山时，我们就分散，到山沟里去摸鱼虾，捞青苔和浮萍；爬到树上采野果，掏鸟窝找鸟蛋捉小鸟；采蘑菇，摘木耳，割野笋；等等。同志们说我们简直个个都成了神农，把历史倒推了好几千年，重新开始过原始人类的生活了。

在野菜中，终于被我们发现了一种半尺多高，形状极像蚕豆的野菜，茎软叶嫩，可好吃啦。我们每天采它，顿顿吃它，这种野生植物，我们到底不知道它有没有名字。一天，大家正在山涧里洗这种菜，忽然有人提出该给这菜命个名，将来革命成功，把它采集到博物馆里，展览给咱们的子孙后代。这问题可有意思，大家都争着要在这件带点"历史意义"的事情上多动点脑筋。

李月凤笑着说："叫饱肚菜吧！"

"不，该叫山中宝。"三爹眉毛一扬说。

王业熹站在水里，没有说话先摆手，大家知道他又该有高论了。他说："这种菜不怕热不怕寒，常年生长，就其性质，该叫长命菜。"

王业熹的意见给了我启发，我接上说："最重要的还是在我们革命最困难的时候，它帮助了我们，支持了我们革命，何不就叫革命菜？"

全体通过了这个"命名"。从此，"革命菜"便与我们这群革命者生死与共了。

可是长期吃这些没有油没有盐的野菜，怎么受得了？有的人拉肚子，有的人打摆子，大部分人患了夜盲症，王惠周和李月凤都有了月经病。可恼的疾病，比敌人还残酷凶恶。当时，我算是唯一比较健康的人了，整日带着病轻的同志给重病号找食物，觅草药。

俗话说"屋漏偏逢连阴雨"。秋天来了，海南岛的台风既多且大。每当那飓风刮起的时候，挟着大雨，雨借风势，风助雨威。悬崖上溅起漫天雨雾，林梢头卷起漫山风浪，山洪推走岩石，沟涧汇成激流。瀑布突然从头上来，砂石滚滚脚下走。哪里是我们避身的地方呀！有时半夜突然风雨大作，疾风呼啸横扫林木，像怒海狂涛一样，高大的树木被连根拔起。我们自己盖的茅草屋一下就倒了，飞了，无影无踪了。我们只好几个人紧紧地抱在一起，挺立在狂风暴雨里。

风雨过后，我们就用芭蕉叶搭棚子，一次又一次，这也是一种斗争。

一天拂晓，我们几个领导干部正在谈论问题，附近突然响起枪声，大批的敌人忽然出现在我们面前。

"跟我来！"我拔出左轮枪，且打且退。战士们都紧紧随着我，但敌人的子弹也紧紧跟在我们前后左右，穿过密林，跳过山涧，敌人像恶魔似的死缠住我们不放。一边狠命地追，一边拼命地喊着叫我们缴枪投降，我们只好一再地投给他们子弹和手榴弹。从这棵树打到那棵树，共青团员嫒忠顶着前面的敌人打，给大家开路。百发百中的神枪手吴天贵和林天德断后，他们一枪一个把敌人撂倒。符明经被一个敌人迎头截住，他猛一回身，绕过一棵大树，跟敌人转了几个圈子，跑了。一个敌人追上了李月凤，一把抓住她背上的包袱，她来了个"金蝉脱壳"——将包袱一丢，甩开了敌人。三爹和嫒忠的驳壳枪一阵连发，杀开了一条血路。天德、天贵终于使敌人不敢再跟上来。我们摆脱了敌人，26个无一伤亡。敌人这次突然袭击，使我们更加警惕了。

但是，除了王惠周还保留有一个小包袱，其他人的东西全部丢光了，只剩下身穿的一身单薄、褴褛的衣服了。

寒风和毛毛雨整日吹着下着，母瑞山浸沉在混浊的浓雾里，到处找不见一块干的地方。这说明秋天尽了，冬天来了。日子在饥寒交迫中过去，我们身上的衣服成了不打结连不在一起的破布条条，恰如古人说的"串得钱，包不得米"。大部分人的肩膀露在外面，个个身上冻得发青发紫。有什么办法呀！只有像万年前我们的老祖先那样，摘树叶剥树皮，连在一起，披在身上。

海南的冬天，虽然不下雪也不结冰，但在这深山里，寒风吹来，仍然是冷气彻骨。夜晚就更不好过了，狂风扯着长哨，身上的树皮树叶被风不断掀起，裹不住我们的身体。我们只好偎依在一起。一个风雨交加的夜晚，我问嬛忠："冷吗？"他说："你不冷我也不冷。"我笑了说："我是非常冷呀。"嬛忠也笑了："和冯政委在一块儿，身上再冷，心里也热。"我拉住他冰冻的双手，心里有股说不出的滋味。这孩子才十八九岁，在这种环境里，从未有过一句怨言，忠心耿耿，他好像只知道为别人服务。我把他搂在怀里，交流着我们微弱的体温。

后来我想了个办法，叫大家拢起火来，把芭蕉叶子烤热了当被子盖。两片叶子就能盖严一个人，但这也只是上下热乎乎，左右冷飕飕。

但是偏偏在最冷的日子，我们的火柴用光了，火种也被雨淋熄了。怎么办哪，全靠火来取暖的我们，又想起了我们的老祖先——燧人氏钻木取火，叫大家设法来试试。总算是天不绝人，火被我钻出来了。从此，保存火种也成了我们重要的课题。

有谁想得到呢？在 20 世纪 30 年代的世界上，在开化最早的中国，在椰子肥豆蔻香的宝岛上，竟还有这么 26 个工农红军的战士，为争取人类最先进最理想的社会，却过着人类最原始的生活。

愈艰苦，我们团结得愈紧，26 个人就像一个人，26 颗心结成一颗坚强的心。我们什么也不怕，尽量把生活安排得很有意思。上午是学习，主要由我负责，我给大家系统地讲说中国革命问题。下午有时采野菜，有时讲故事，主要由符明经同志负责。这位学问渊博、读过大学的革命战士，肚子里装了那么多故事，古今中外，总也讲不完，好像越讲越多了。黄昏以后，是我们文娱活动的时间。王业熹从上山那天，一直带着一支笛子，最紧张的情况他也没有丢。夕阳西下，他往地上一坐，背依一棵大树，就吹了起来。笛声清脆悠扬，四围的群山答和着回响。

嬛忠和我，还有我的妻子王惠周，都能唱两句琼戏，随着王业熹的笛子，我们便引吭高歌了，符明经也连忙用竹棒敲击椰壳碗当小鼓。我们会许多永远也唱不厌的革命歌曲。唱着唱着，全体帮腔和唱；唱着唱着，大家载歌载舞；唱着唱着，直到天明。

野火烧不尽，春风吹又生。

山涧小溪的两岸，草茂叶绿了，各色各样的野花又开放了，鸟儿在枝头跳跃歌唱。大地苏醒了，1933 年的春天降临了。

妩媚的春色，给人们带来新的气息。符明经、王业熹和我躺在一棵大榕树下，相互吟诗论诗。这是诗一般的意境，这是诗的最强音。我们从"三百篇"到屈原，又到诗圣、诗仙。谈着谈着，王业熹一声朗朗，诵起了白居易的《古原草》来：

> 离离原上草，
> 一岁一枯荣。
> 野火烧不尽，
> 春风吹又生。

我们这堆烧不尽的野火，又要旺起来了。

我们分析判断了当前的情况，感到时机就要成熟了，决定下山去。

黄昏时分，我们告别母瑞山岭，向山下走。山还是那座山，路还是熟悉的路，但我们感到难走极了。这一年来，我们的身体都虚弱不堪了，但我们并没有倒下，咬牙坚持啊，我们要"东山再起"，把革命推向新的高潮。

经过两个夜晚，我们终于到了李月凤的家乡——澄迈的一个村庄。

事前商定，大家躲在山林里，派李月凤同志进村接好头，然后再出来联系。李月凤分了分自己散乱的长发，挺有信心地进村去了。那天正是农历元宵节。我们都幻想着月凤找到我们的组织，他们一定要热烈欢迎我们，大家举杯同庆，共同度过这个可纪念的狂欢之夜。

但是从日出到日落，从黄昏到深夜，总看不到李月凤的影子，她哪里去了呢？

为了防止意外，我们只好留下三爹和嬛忠在原地等，其余的人转移到深山隐蔽。中午，我们听到从村庄那个方向传出了几声枪响。大家紧张得像烈火烧身。直到晚上，三爹和嬛忠才回到深山里来。大家一拥齐上，忙问："月凤呢？"

三爹一屁股坐在地上，有气无力地说："她，她……"

"她到底怎么啦，三爹？"

三爹悲痛地摇摇头，大家问嬛忠。嬛忠依着一棵大树，脸色愤怒得难看，像是要杀人的样子。三爹长叹了一声，终于一五一十地说了："今天中午，忽然听到村里吵吵嚷嚷，我爬到一棵大树上向村子看去：一伙白匪军绑着我们的月凤，正推推拉拉地向村外走。月凤满身是血，被推到我们隐蔽的林边，她一下躺在地上，任敌人百般毒打，她再也不肯走一步，她放声大骂：'匪徒们，你们杀吧，你们不要妄想我出卖革命！你们杀了我，革命也一定会胜利。'月凤的声音很大，不用说，她是有意叫我们听见。"

"我说马上打死那些狗东西，你偏不让我开枪，气死人！"嬛忠气愤难消，说起话来瓮声瓮气。

"开枪，开枪！你以为我怕敌人！就是我们开枪撂倒几个敌人，也救不了月凤同志；而我们这一伙就会全部暴露给敌人了，那不更糟！"

"糟不糟吧，反正我嬛忠是眼巴巴地看着自己的同志，被敌人枪杀了。"他使劲捶着自己的脑袋。同志们都摘下树皮帽子，默悼我们的女英雄、好同志，李月凤这位年轻的姑娘，永远活在我们心中。

只剩下 25 个人了，在这里仍然无路可走，于是找些番薯生吃了，披星戴月，再回到母瑞山上。我们的野营生活还没有结束呢。

我们又照原样生活了一个多月。我们一点也不气馁。我们测定了新的方向，在一个黑夜里，走下山来。看着北斗星，向海口至嘉积的公路前进，然后沿公路向北走，通过敌人重重封锁。一路上，我们忍饥耐劳。有一夜，大家实在走不动了，便在定安县的金鸡岭一带隐蔽下来休息。天明一看，四周全是坟墓，而且大部分是刚埋不久的，这一带为什么死了这么多人呀！能使我们藏身的，只有一块低矮的灌木丛。这天又正碰上清明节，漫山都是扫墓上坟的人。我们明白了，反动派在这里进行了残酷的杀害"清剿"。我们真想迎上去，和乡亲们痛哭一场，但敌人一个挨一个的碉堡就在我们眼皮下，我们只好伏在地上，连大气也不敢喘。那真是"欢乐嫌夜短，忧虑怨日长"。憋了一肚子气，总算把太阳熬下西山。

夜，是我们的世界。我们下了金鸡岭，走走歇歇，在地里找能吃的东西。又经过四个艰苦的夜晚，终于到了我的家。

　　我轻轻地，压低了嗓子叫了半天门，没有人应。出了什么不幸的事吗？不像是，门是从内关得牢牢的。定是母亲担惊受怕，不敢开门。我们爬过了小横屋，进到厨房里，一股熟食的香味在吸引着我们。我揭开锅盖，正好有一锅煮着的东西，也不管它是猪食还是什么，抓起来就往嘴里填，那个香劲呀……

　　通后屋的门，吱的一声开了，一线灯光射了进来，我兴奋得几乎跳起来："妈，妈。"我向妈妈扑去。

　　"你，你是谁呀？"妈妈向后倒退了一步，惊惧的双眼直看着我。那时我们浑身上下实在不像人呀！

　　"我呀，妈，我是……"我双手拢了一下长发，把脸伸向妈妈面前。妈妈提起了小油灯，上上下下，细细地看，好久好久，她把颤抖着的手扶在我蓬乱的长发上。晶莹的热泪从老眼中连串地流了出来。

　　"孩子，孩子……回来了，可真回来了。"她抽泣着，"反动派说你们被……不，我不相信，我想着你们一定会回来……"

　　母亲显得老多了。这些日子，老人家不知道吃了多少苦，为我们担了多少心。鼻子一酸，我连忙咽下一口唾沫，母亲马上给我们去做饭。我和同志们在村外树林里躲着。这一夜，我们吃了一年来的第一次饱饭。我们又回到母亲的怀抱了，我们又回到大地的怀抱了。

通过地下党，我们在琼山找到了秘密坚持斗争的刘秋菊和李黎明等同志。一年的分别，好像隔了一个世纪。许多老战友又重逢了。我们根据情况，马上展开了新的工作，革命的火炬又燃烧起来了。

经过三年左右的努力，到1936年的春天，许多地方的组织都恢复了，红色政权又建立起来。红军力量也得到相当的发展，成立了工农红军游击司令部。这支小小的队伍，紧紧支掌着革命的红旗，度过了海南革命史上最艰苦的时期，迎接着新的革命高潮——全国规模的抗日战争。

坚持斗争在母瑞山上

李 汉

1932年7月底，正当蒋介石对我中央苏区发动第四次大"围剿"的时候，广东军阀陈济棠也派遣他的警卫旅和一个空军分队，在旅长陈汉光率领下杀气腾腾地渡海到琼崖，妄图扑灭琼崖的革命烈火。

陈汉光旅与岛内反动民团纠合在一起，采取"分进合击，各个击破"的战术，从北至南向我苏区大举进攻。琼崖红军独立师奋起抵抗，但因敌人力量强大，又有飞机配合，虽经浴血奋战，仍难退敌。在伤亡惨重的情况下，琼崖特委、琼崖苏维埃政府机关和红军指战员们，只好退向母瑞山，在这里开始了新的艰难的战斗历程。

琼崖特委和琼苏机关及红军独立师退上母瑞山后，敌人派重兵把母瑞山重重包围起来，企图在这里一举将我消灭。敌人一天天紧缩着包围圈，每个山头、每个峡谷都进行着殊死的战斗。飞机在盘旋轰炸扫射，枪炮声摇撼着山岳，硝烟弥漫，火光冲天。红军各路战士在师长王文宇指挥下冒着枪林弹雨浴血奋战，击退了敌人一次又一次的疯狂进攻。半个月过去了，战斗仍在残酷地进行着，敌人的包围圈越缩越小，红军的处境越来越困难。

在战斗间隙，中共琼崖特委书记冯白驹主持召开了特委紧急会议，分析敌我形势，研究制定对策。会议认为，敌人竭尽全力围攻母瑞山毫无撤退之意，其目的明显是要在这里把琼崖革命力量一网打尽，我们若一意死守则正中敌下怀，将使我们陷入孤军困战的绝境。冯白驹指出：目前形势异常险恶，为挽救琼崖革命，我们必须杀开一条血路冲出重围，到各地开展游击战争，只有这样才能保住革命火种不被扑灭。会议最后决定：由师长王文宇、政委冯国卿同志率领主力突围，分散敌军；冯白驹同志率领特委、琼苏机关和警卫分队100多人留在母瑞山坚持斗争。

"嗒嗒嗒，嗒嗒嗒……"突然山下响起了密集的机枪声，我们主力向山下突围时被敌人发现了。紧接着在母瑞山的各个方向，枪声、手榴弹爆炸声大作，火光四起，流弹飞射，突围与反突围的战斗全面展开了，一直持续到天亮。第二天，从山的远处仍断断续续地传来一阵阵枪声。留在山上的同志们忧心如焚，对突围的同志们牵肠挂肚！

原来，红军主力突围下山时被敌人发现了，敌人前堵后截，黑暗中我军被打散，师政委冯国卿带领几个人好不容易突围出去，可是在到达乐会县一苗族村寨时又被追上来的敌人重新包围，全部壮烈牺牲。师长王文宇率领 60 多人冲出重围，到乐会县山区后，他患病不能走动，因警卫员叛变出卖而不幸被捕。王师长在敌人明晃晃的屠刀下，大义凛然，坚贞不屈，最后慷慨就义。师参谋长郭天廷、特委秘书林树芹也因受伤被捕，惨遭敌人杀害。零散突围出去的同志流落各地隐蔽起来。在敌人的疯狂进攻下，苏区和红军受到了一次最惨重的损失和挫折。

冯白驹带领特委、琼苏机关和警卫分队在母瑞山上坚持战斗，在敌人的封锁下同党中央、省委以及岛内各地党组织和红军的联系已完全中断。敌人的围困没有放松，在军事上，敌人以超过我们数十倍的兵力，对母瑞山进行严密的包围；在政治上，采取法西斯高压政策，移户并村，建立保甲制度，实行"一家通'匪'，十家连坐；一家窝'匪'，十家同祸"的连保连坐法，还到处张贴布告，颁布阴险毒辣的"十杀"政策；在经济上，实行封锁，不许群众上山接济我们，要把我们困死在深山老林里。

时间一天天过去，严重的问题终于降临了。一天，总务三爹和女炊事员李月凤来到冯白驹同志跟前，阴沉着脸报告了一个意料之中的情况：粮食吃完了。冯白驹知道这些日子大伙吃的饭早就由干饭变成了稀饭，近来稀饭又变成了锅巴汤，同志们一个个骨瘦如柴，头发像一堆乱草，胡子长长的，一双双眼睛布满了血丝，不少人都患了水肿病。他心里清楚，最严峻的考验到来了。

一个偶然的机会，我们在山坡上找到了一片荒废多年的番薯地，这片番薯地使我们又应付了一段时间。番薯吃完了，冯白驹发动大家想办法，有人建议用枪打野兽，冯白驹不同意，因为子弹是要留下打敌人的；再说枪一响，就会暴露我们。讨论来讨论去，只能找野菜充饥。于是，同志们就分头到各个山头去寻找野菜，凡是叶软无毒无异味的就采来煮成野菜汤喝。在敌人没有搜山时，有些会抓鱼的同志就下到山沟小河里去摸鱼虾或捞青苔和浮萍，有的年轻小伙子爬树掏鸟蛋捉小鸟，女同志则去采蘑菇、摘木耳、割野竹笋等。每天，大家除了应付搜山的敌人外，就是满山遍野找能吃的东西。

我们在采野菜时发现了一种茎软叶嫩、味道香的野菜，大家天天采它、顿顿吃它，可谁都不知道它叫什么名字。有一天，同志们在一起兴高采烈地给这种野菜起名，有的主张叫"饱肚菜"，理由是它使我们吃饱了肚子不挨饿；有的认为应该叫"山中宝"，因为我们觉得这种野菜最好吃，是个宝贝；有的则说这种菜不怕冷、不怕热，常年生长在深山老林河沟边，生命力很强，该叫"长命菜"。同志们发表了许多意见，各有各的理由。冯白驹同志说："大家说得都有道理，但最重要的还是这种菜在我们最困难的时候帮助了我们，支持了我们，使我们在这密林里把革命坚持下来了，所以我的意见是叫'革命菜'。"同志们拍着手齐声叫好，全体通过这个"命名"。直到现在，全岛各地对这种野菜还在沿用这个名字呢！"革命菜"虽然能填肚子，可是长期只吃没有油、盐的野菜，一粒米都见不着，还是不行的。没过多久，有的人拉肚子，有的人打摆子，大部分人患了夜盲症，女同志则个个得了月经病。不少同志在与敌人战斗时是勇士，可是却被疾病夺走了生命。

住在山里遇到台风暴雨也是相当难挨的。我们在母瑞山时，正是海南岛的台风季节，台风一来，飞沙走石，枝折树倒。狂风还夹着倾盆暴雨，我们的被盖、衣服全被浇湿了。特别是山洪暴发时，巨石也能被冲走，谁若是不小心，就会一下子被山洪冲出几里外而丧命。我们的茅屋被刮飞了，衣服破烂不堪，既无处找野菜吃，又难以生火取暖，大家一个个蹲在石崖下或挤在小山洞里，像落汤鸡一样哆嗦着。往往要挨饿受冻两三天，风雨才能过去。风雨过后，我们用树枝树叶又重新搭起小棚子来栖身。这样的小棚子，台风来一次就要重搭一次，就是没有台风，这种小棚子也只能遮太阳却挡不了雨。山蚊子、山蚂蟥、山蚂蚁及毒蛇的威胁也是令人十分苦恼的事。

一段时间下来，减员情况越来越严重。一些同志被派下山去搞情报、找组织、弄粮食，下去好几批都是一去不复返，这些同志有的是在下山时遭到敌人伏击不幸牺牲了，有的是突围出去后因敌人封锁严密无法再返回山上。我在1933年初被派下山，遭敌人拦截袭击，躲进山沟树丛里避过敌人才幸存下来。由于敌人封锁严密，我不能返回山上，便到琼山县找到党组织，留在山下坚持斗争。原来留在山上的100多名同志，最后仅存下26人。

　　一天拂晓，特委书记冯白驹和琼苏政府主席符明经、秘书长王业熹几位领导同志正在谈论问题，突然哨兵打响报警的枪声，还没等大家辨清敌人来的方向，大批敌人就已出现在面前。冯白驹拔出左轮手枪急速一甩，当即击毙了一个敌人。他大声喊道："同志们，跟我来!"同志们且打且退，敌人的子弹像飞蝗一样在他们前后左右乱飞，大家穿过密林，跳过山涧，左转右拐，千方百计想甩开敌人，但敌人却像恶魔似的死死缠住不放。敌人狠命地紧追不舍，嬛忠同志在前面给大家开路，他从这棵树闪到那棵树，专瞄着前面的敌人打。神枪手吴天贵、林天德断后，他们一枪撂倒一个敌人，掩护着大家撤退。符明经眼看要被一个敌人追上了，他猛一转身绕过一棵大树，跟敌人转了几圈又脱险了。一个敌人追上李月凤，一把抓住她背上的包袱，李月凤来了个"金蝉脱壳"，将包袱一丢，甩开了敌人。26个人终于无一伤亡地摆脱了敌人。

　　这26个英雄在山上与敌人周旋了七八个月，过着野人般的生活。1933年春节期间，冯白驹和符明经、王业熹等决定选择敌人封锁的薄弱地段突破敌人封锁线，回到琼山老区去。经过两个夜晚的行军，他们到了李月凤的家乡澄迈县的一个村庄。大家躲在山里，李月凤进村接头，不料她进村后即遇上敌人，不幸被捕惨遭杀害。冯白驹见敌人封锁得厉害，只好决定重返母瑞山暂时避一避，然后再做计议。

1933 年 4 月，25 名同志经过了几天的日伏夜行，终于回到了冯白驹的家乡琼山县大山乡长泰村，找到了中共琼文县委书记李黎明及刘秋菊、冯安全、朱运泽和我。在冯白驹同志的领导下，我们几十个人又分头到各县去收拢被打散后隐蔽起来的同志，重建党组织，建立红军游击队。在海南大地上，那扑不灭的革命火种又很快地燃烧起来，越烧越旺。

残存火种又燎原[*]

王永信

　　1933 年初，琼崖红军反"围剿"斗争失败了。一场激战之后，我们连就剩下我们三个人。部队在哪里？党在哪里？我们应该向何处去？我们坐在椰林里谁也不说话，都在默默地考虑着往后的去向。

　　我们从母瑞山突围出来的那天，已是断粮后第六天。那时候，我们琼崖独立师的全体红军同志都是一个想法：坚决地冲出去！只要能有一个人突出重围，革命的火种就不会灭！就是抱着这种信念，我们红一团一连的同志吃了点树叶和草根，在许连长的率领下，借着风雨掩护，支撑着虚弱的身体，悄悄地从敌人的隙缝中钻了出来。不幸的是，我们到了琼东县的彬村山又遇上了敌人。激战中，许多战友倒下去了，许连长在牺牲前给我们留下最后几句话："同志们要记

＊　本文原标题为《残存的火种又燎原》，收录时做了适当修改。

住，只要跟着党，只要有群众，我们就一定能够胜利！"可是现在，到处都有敌人，到处都是白色恐怖，我们到哪里去找党，哪里有我们可以依靠的群众呢？

沉思了很久，陈美深腾地站了起来，从腰中抽出短刀，愤恨地说："我要报仇！"陈美深才 20 岁，从小就给地主当奴隶，屈辱的生活在他心里埋下了和反动统治阶级不共戴天的仇恨。他原是全连有名的大力士，可是现在身体和我们一样虚弱。由于饥饿和激动，话还没有说完就身子一晃，差点栽倒在地上。我急忙扶他坐下，安慰他说："美深，忍耐一下，这仇终有一天要报的。"陈永泰同志也安慰他说："现在不是拼命的时候，留得青山在，不怕没柴烧，我们还是另想个办法吧！"

陈永泰同志是我们连的一位副排长，三十五六岁，长工出身，做事老练，他提议：不管情况怎样恶劣，应该马上去找党。经过研究，我们决定到汪洋村去。

饥饿、困乏，无情地折磨着我们，两条腿像灌了铅一样的沉重，走着走着，陈永泰忽然一头栽倒在地上，我和陈美深喊了半天，也没有应声。陈美深把他背起来刚想迈步走，身子一歪也倒下了，我急得大声叫喊，企图把他们喊醒，谁知喊着喊着只觉得树在摇、地在转，一会儿我也失去了知觉……醒来时，我们三人已躺在汪洋村黄阿嫂的家里。原来这个村的党支部书记梁安贤和黄阿嫂听说红军在附近打了一个恶仗，估计一定有自己的同志，便出来秘密寻找，阿嫂在椰林里发现我们，便叫人把我们偷偷地抬回家来。

在黄阿嫂家里，我们三个共产党员成立了临时党小组。在第一次小组会上，大家一致决定：不论环境怎样困难，一定要坚持斗争，并积极想办法与上级取得联系。目前，第一步的工作是要让群众知道红军没有被消灭，红军游击队还在斗争，还在战斗。

三个人在村里目标太大，我们和梁支书研究，决定搬到"鬼山"上去。"鬼山"即彬村山，传说这里埋着几个被恶霸逼死的姑娘，冤魂未散，白天常有旋风迷人，晚上鬼火乱窜，因此而得名。自从有了这个传说，很少有人再来这里，连敌人也很少来此搜查。山上树木遮天，高草茂密，正适合我们在这里隐蔽游击。来到"鬼山"的第二天晚上就遇到了台风，敌人都躲到炮楼里去了，我们决定利用这个机会展开活动。借着闪电的光亮，冒着倾盆大雨，我们摸进了敌人的据点，用尖刀在椰子树上刻着标语。一夜工夫，"恢复红军师！""巩固苏维埃！"等标语便出现在许多据点里，而且每条标语后面都刻上了"红一团"三个字。第二天，黄阿嫂给我们送饭时说，附近的群众都在传说着红一团回来了，敌人吓得把炮楼的门关得紧紧的。我们听了，都有说不出的高兴。

"鬼山"虽然没有鬼，但有些东西却成了我们的冤家，对我们威胁最大的是毒蛇和山蜞。一天夜里，陈美深一翻身，觉得身下压着一个冰冷的东西，伸手一摸，原来是一条毒蛇。要不是他眼明手快，真有被咬伤的危险。我们浑身一道道血印子，全是山蜞咬的。幸亏黄阿嫂想了办法，在草棚周围挖上深沟，沟里撒上草木灰，才战胜了它们。我们在"鬼山"上住了一个多月，上午睡觉，下午学文化、讲故事，晚上就到村里去活动，帮助群众干活，配合村里的党支部做些群众工作。我们生活得很愉快，特别是陈美深用山竹做了一支笛子以后，文娱生活就更加活跃了；我和陈永泰都会哼几句琼戏，唱一些革命歌曲，每当风雨天不能工作时，陈美深吹着笛子，我们便放开喉咙尽情地歌唱起来。

一天，正当我们准备帮助群众夏收的时候，梁安贤同志突然给我们带来了令人激动的消息：他已和上级党组织取得了联系，党命令我们立刻离开这里，去接受新的任务。我们怀着就要回到母亲怀抱的激动心情，立刻跟随交通员何大贵出发了。黎村是我们的中途站，也是何大贵的家，我们赶到这里时，天还没亮，何大贵把我们安排在村头一位叫梁嫂的家里，约定明天上午来研究晚上的路线，然后便回家了。

一觉醒来，阳光已照满了半个屋子，约定的时刻已经过了，仍不见何大贵来。斗争经验丰富的陈永泰立刻警觉起来，他提醒我说："我们虽然不应该随便怀疑同志，但也不应该放松警惕。为了预防万一，还是应该躲一躲。"于是，我们向梁嫂交代了几句，让她看风使舵，便从后门溜到了后山。我们刚到后山，便看到何大贵带着四个敌人直奔梁嫂家里来。他们进了屋，就听到梁嫂又哭又骂道："你这个没良心的，欺负我寡妇人家，半夜把他们领进来，天不亮又把他们领走，现在又在团总面前卖好!"不一会儿，这个叛徒带着四个敌人离开了梁嫂的家。我们当夜怀着感激、敬佩的心情离开了梁嫂。不几天，又一个令人悲愤的消息传来：梁支书和黄阿嫂也被何大贵出卖了。但是，叛徒何大贵也没有好死，梁嫂那天反咬他一口之后，敌人怀疑他是两面派，把他枪毙了。

一天晚上，我们在山顶上召开了党的小组会，决定各回自己的家乡去找党的组织，并约定谁先找到党，就主动同别人联系。当天夜里我便回到了家，一步踏进院子，就被眼前的景象怔住了：房子的顶盖被掀掉了，窗子被捣得稀烂，院子里全是锅、碗、瓢、盆的碎片，门上还贴着一张捉拿我的布告。我推开屋门，屋子里只有母亲和我6岁的儿子秋盛蜷曲在床上，母亲听到我的声音立刻哭啼着向我奔来，同时把父亲被杀、妻子被捉及她和秋盛遭到毒打的事全告诉了我。我向她老人家说明了这次回来的目的，母亲答应替我们找党组织，并且在后山把我隐蔽起来。

我等待着母亲给我带来好消息，可是一天天过去了，党组织还是杳无音信。我坐在山上，目睹着村里的残垣断壁，心里的怒火一阵阵在燃烧，实在忍耐不下去了，便决定先从莫保长身上开刀。晚上，我突然出现在伪保长的面前，他吓得"扑通"一声双膝跪倒连叫饶命，我真想一枪把他打死，为死难的同胞报仇，但冷静一想，打死一个保长有什么用呢？我严肃地对他说："姓莫的，现在有两条路，一条是改邪归正，饶你不死；一条是继续横行霸道，你的命就保不了！"他一听，连声说道："只要留我一命，一定报答你的恩情。"我又向他提出了不许给敌人报告真实情况等许多条件，他也一一答应了。最后，我从他的床上把一支驳壳枪和一袋子弹取下说："这枪我要借用一下。"他说："可以。"经过这次"拜访"，这家伙老实多了。为了预防万一，我仍在山里，白天种地，晚上秘密回到村里，找贫苦群众谈谈，研究些对付敌人的办法，更多的时间还是在四乡走动，希望能碰上自己的同志与党取上联系。可是，日子一天天过去，我走遍了四乡，寻遍了附近的大山小谷，还是没有与党联系上。

1934年的春节快到了，一个偶然的机会遇到了琼东县委委员兼宣传部部长林天贵同志，当时，我真无法控制住心中的激动。不久，我便奉命去找陈永泰和陈美深同志。找陈永泰同志比较顺利，找陈美深却费了很大力气。他的家在敌占区，回去以后根本不住在家里，后来我打听到他嫂嫂的消息，想让她通知陈美深，她一口咬定说没见过陈美深兄弟回来。一天，我正在他村外的一座石拱桥附近观察，只见一个敌军官和一个传令兵匆匆走来，我急忙躲进草丛里，两个敌军刚走到桥中央，忽然从桥下蹿出一个青年，飞起一脚就把传令兵踢下河去，敌军官刚转回身又被那青年一刀刺死。这动作又猛又利索，一看就知道是陈美深。就在这时，那传令兵从水里爬起来，向陈美深打了一枪，正打中他的腿，我急忙奔过去背起他就跑。在县委的驻地山莆岭，我们三个人又回到党的怀抱，开始了新的游击战斗生活。

在琼东县委的领导下，我们首先在后坡村积极地组织群众，领导群众斗争。后坡村东面的村上有两个恶霸，一个名叫符大头，是联防队长；一个名叫陈智和，是团总。这两条地头蛇虽然"反共"是一致的，但相互间也有碰牙磨爪的时候，符大头认为陈智和是外来户，对他存有戒心；陈智和是兵痞出身，弄枪弄刀比符大头高明一些，对符大头不放在眼里。县委决定利用敌人这一矛盾来个"鹬蚌相争，渔翁得利"。一天，我们在东渡口打了符大头个埋伏，搞掉他20多个人，符大头气得兽性大发，天天"搜剿"我们。

"菇蘑"是后坡村的一位童养媳，她心向红军，只要我们有任务交给她，她都千方百计地去完成。一次，符大头又带领人马从县城出来"搜剿"我们，"菇蘑"挑着两个半筐菠萝迎了上去。匪兵们一见菠萝，蜂拥而来，动手就抢。"菇蘑"把筐子一扔，顺着庄稼地悄悄溜走了。匪兵们抢光了菠萝，在筐子底下发现了我们写给陈智和的一封信，立刻交给了符大头。符大头拆开一看，上面写着："陈团总：前天我们在东河渡口打的那个漂亮仗，没有你的协助是不行的，信送得太及时了，深表谢意。望我们以后能配合得更好，共同消灭符大头……"最后签署的是琼东县委书记和红军代表的名字。这封信一下子把符、陈之间的裂缝炸成了不

52

可逾越的深谷。第二天，便传来了陈智和被符大头活埋了的消息。不久以后，"菇蘑"成为这里的第一个正式党员，她的丈夫苏英芬和另一个同志也参加了党。

1935年春天，我们决定把工作推进到敌区。可当我们第一次派"菇蘑"和苏英芬同志去和陈美深同志的嫂子联系时，这两位年轻的共产党员和陈家母子全被杀害了。凶手是下田茵村的何家兄弟，老大是乡长，老二是团董。这两只豺狼比泥鳅还滑，自从杀害了"菇蘑"夫妇以后，深知我们会找他俩报仇，黑天白日蹲在炮楼里不出来。1936年农历除夕，我们估计他俩一定会回家过春节，琼东县委书记肖焕辉同志便带领我和陈美深、陈永泰等五人爬上下田茵村东头的椰子树，准备拦路截击。一直等到半夜都不见一点动静，难道我们的计划被他俩识破了？正想着，侦察员符明送来情报说，这两个家伙不知什么时候已经绕道回家了，现在正在家睡觉。我们决定到他家里去。

当"迎神"的鞭炮声相继传来，我们迅速摸到何家的大门口。一会儿，大门拉开了，我们一拥而入，我和陈美深还有另外一名同志按照分工直奔何老大的屋子，他正在门后洗脸，陈美深一个箭步蹿进去掐住他的脖子把他的脑袋按在脸盆里，说了声"血债要血还"，一枪便结束了他的狗命。肖焕辉和陈永泰那个组也干掉了何老二。鞭炮声好像在祝贺1936年我们取得的第一个战斗的胜利。

为了迎接革命高潮的到来，中国共产党琼崖特别委员会指示我们要积极活动，组织红军。当时最大的困难是缺少枪支，于是我们又在符大头身上打起主意来了。特委知道我们要向符大头开刀，特地把红军苏觉醒同志派了来。我和苏觉醒同志在 1928 年就认识，四年前她嫁给了符大头的一位邻居，一直隐蔽在符大头的眼皮底下没有被发觉。苏觉醒同志把敌人的情况摸得非常熟，符大头自从活埋了陈智和以后，便从城里搬回乡下，现在共有 68 人。原来归陈智和管辖的 30 名团丁、25 条枪，驻在村西头的炮楼上。符大头的联防队一半给他看家，一半驻在村东头的炮楼上。根据这个情况，县委决定要苏觉醒同志回去做瓦解团丁的工作。

苏觉醒同志真能干，不几天工夫便争取了符大头的奴隶苦娃，并通过她做好了一个团丁的工作。县委了解到这个情况后，决定进一步组织内应。过了几天，苏觉醒同志又来报告说，那个团丁又联络了他两个表弟。正在这个时候，符大头可能听到了一点风声，忽然扣押了几个团丁，其中有一个就是我们的内应。事不宜迟，县委决定立刻行动，目标是夺取西炮楼的 25 支枪，消灭符大头。

当天夜里 1 点钟左右，西炮楼正轮到我们的两个内应站岗，他俩一声不响地把我们 30 多个人引进了据点，陈美深带着十几个人悄悄摸上炮楼，把 20 多支枪全控制在手里。团丁们还没有睡醒，我和陈永泰带着十几个人，由苏觉醒领路，直向符大头的卧室扑去。来到门口一看，门半掩着，进屋一摸，床上空空的。正诧异，忽然听到院子里有脚步声，仔细一看，原来是他的三太太正挽着他从厕所向后门走。他俩一见到我们，"哇"地叫一声转身就跑。没跑出两步，"呱唧"一下被门槛绊了个狗抢粪。陈永泰抢步上前，接连打了几杠子，苦娃紧跟上去补了两刀，两条狗命就这样结束了。

胜利的消息很快传开了。第二天，特委便派人带着贺信来慰问我们，并当场宣布琼崖红军游击队第三支队正式成立，我被任命为支队长，琼东县委书记肖焕辉同志兼任政治委员。琼崖扑不灭的革命火种又将燃遍琼崖大地。

艰难的历程

李　汉

1932 年秋，国民党陈汉光部队进攻东定、乐万革命根据地，红一、红二团跟敌人激战后，敌强我弱，独立师被迫撤上母瑞山。

行营红军和独立师师部失去联系，粮弹供给中断，琼六区苏维埃政府收钱收粮支持部队。但琼六苏区是新开辟的，物质基础较差，不能长久支持我们。正在这时，澄迈县、琼山县国民党政府集中反动民团配合国民党 1 个营的正规军队向我进攻，我方部队退回南古岭、南坤一带，与红二团联系的交通路线被切断。那里又是叛徒王昭夷部盘踞的地方，不能前进。于是，改向乐会八区往乐四方向去。一路上，由于敌人尾追，我们日夜兼程，连饭都做不成，只在沿途边走边采些野菜充饥解渴。由于饥饿、疾病，加上战斗频繁，造成伤亡、病故和掉队者很多，部队减员严重。1932 年冬末，行营红军回到乐四时，只有 200 余人。当时找到了乐万县委的王白伦、黄魂和红三团政委冯甲等同志。我们便把部队交给他们，由红三团收编，行营到此宣告结束。

行营解散后，1932年底，我又重上母瑞山寻找党组织。到山上的头一天，我找到琼苏经委主任冯建亚同志，第二天，会见了冯白驹同志，我向他详细汇报行营解散的情况。冯白驹说："上来就好了。革命失败是暂时的，琼崖各地还有党组织还有革命群众，全国革命还没有失败，革命胜利还是有希望的。"他停了片刻后又说："不过，长期住在山上也不是办法。干革命光躲避敌人不行，要到群众中去，宣传群众，发动群众，依靠群众继续斗争。我们住在山里，远离群众，没有群众支持，革命斗争也不能迅速恢复起来。目前，敌人的凶焰已经减弱了，困难的时期即将过去，我们必须抓住这个机会到群众中去，重新组织和发动群众进行斗争。所以，特委准备回琼文去。"

1933年春节前的一天，冯白驹派人通知我和冯建亚同志到他的住所。他住在一间小草寮里，我们在他身旁的石头上坐下，他对我俩说："你们在行营的环境同样是艰苦的，大家经得起考验。但我们不能老躲在山上。现在敌人已经压在东四、乐四一带，放松对琼文地区的驻防。敌人满以为王文宇、冯国卿牺牲了，共产党的红军头头已经消灭，红军已经溃不成军，开始放松对母瑞山的包围。现在准备派你们回琼山做联系工作和筹备经济工作……"

遵照冯白驹同志的指示，我们稍做准备之后，就带10

名驳壳班战士，从东部出山。头夜到东五中丛村找中丛妈。过去，我住她家时，她认我做干儿子。在残酷的斗争中，她掩护过我，是患难与共的同志。到了她家，我连叫了好几声，都没见人出来开门。好久，她听出是我的声音，才开门出来，请我进屋，并做饭给我们吃。她告诉我们，陈汉光来后强迫农民"十户联保""通共者十杀勿论"等。她说过去有些人是革命的，现在也变坏了。叫我们不要到别人家去住。这样，我们只好在中丛山住下。夜间在山中遇到东五区几个同志（以前是赤卫队），他们带我们到琼东、文昌交界的牛六村住。我们驳壳班有个战士是牛六村人，他叫妖六。他回家去叫母亲做饭，挑到山坡下给我们吃。我们吃过饭后，他母亲告诉我们说，她准备让妖六去南洋，他出洋后不会伤害我们的。说完，妖六把驳壳枪交给我们，就回家去了。

我们来到定安县城附近，又遇上冯裕深（团特委书记、冯白驹的胞弟）、曾昌銮（琼苏代表）、黄大猷（一团营长）和定安县委几个同志，从内洞山出来。他们也是特委派出做联系工作的。因为环境恶劣，已经两次派人出去没有回来了。冯裕深他们是第三次，我们是第四次了。我们在定安县委驻地住了几天，时值1933年春节，县委同志买了几斤猪肉招待我们过年。正月初二晚上，我们离开这里往琼山去。我们一行又增加了冯裕深、曾昌銮两个人。走不多久，天下了雨，交通员说天黑认不清路，叫我们暂时在附近的定安县和平圩过夜。我们催他继续前行，他勉强带我们到居丁交通站。冯裕深、曾昌銮住在交通站里，我们住在外面山坡上。不料，那个交通员叛变了，半夜带和平圩反动民团来袭击交通站，冯裕深、曾昌銮牺牲。我们听到枪声，移去金鸡岭，被仙沟等乡反动民团追击，一直追到琼山旧州，驳壳班妖章同志牺牲。

那个交通员叛变后，我们从定安县转往琼山县。因失去交通联系，路上七八天没有吃饭，饿得没有办法，只好夜里到农村找些剩饭吃。找不到剩饭时，随手抓些猪狗食的烂饭臭鱼，实在难以入口。有时遇上刚煮熟的番薯菜，就吃个饱肚。时近元宵，村里演戏，人多灯亮，不敢进村，往往饿着肚子。经过好几天，我们终于在元宵节前夕，回到演丰乡老家。

通过村中党组织，找到琼山县委书记李黎明、琼苏委员刘秋菊、县苏主席冯安全、县委干部吴任江、十一区委书记陈忠诚等同志。我们向他们转达了特委的指示，为特委迁回琼山县做准备工作。我们回琼山时有 10 个人，其中 8 个战士交由县委分配，我和冯建亚等待冯白驹同志回来分配工作。

同年 4 月，特委书记冯白驹、琼苏主席符明经、琼苏秘书长王业熹、冯白驹的爱人王惠周等人，也从母瑞山回到琼山县长泰村，住在村边的山林里。不久，在演丰乡找到了李黎明、刘秋菊、冯安全、李汉、冯建亚等同志。我们向冯白驹汇报回琼山后的一些情况。冯白驹同志说,这次损失比上次严重。

我们回到琼山时,仅有县委、十一区委和山尾支部以及坡园、桂南、河潮湾、藕审、礼让等处的支部组织存在,其他各区乡组织情况如何,尚不清楚。全琼各县基本如此,或者还比此严重。我们粗算一下:第一次蔡廷锴部队"进剿"时,我们红军有 1300 多人,由于分散行动,还剩下 130 余人;这一次陈汉光部队"进剿"前,全琼 13 个县中 9 个县有党的县委,还有不少干部和红军 1400 多人,比蔡廷锴部队来琼时还要多,可是最后只剩下几十人。我们从母瑞山下来 36 人;琼山县委 7~8 人,琼山西几个人;琼东、乐万县委有黄魂、王白伦、冯甲、冯甲爱人和肖焕辉等十余人;定安县有黄大猷、王乃策、符文祥等约 10 人,全琼就有这么 70~80 人。全琼 9 个县委只有琼山、乐万、琼东 3 个县委存在,其他县委都被破坏了。

特委回到琼山不久,冯白驹同志在演丰乡召开一次会议,参加会议的有特委的同志,也有县委的同志,主要是研究恢复组织和派人联系上级党组织问题。会议以后,冯白驹兼管琼文县委工作,派李黎明去乐万接替冯甲的县委书记,我在琼文县委当宣传部长。并派欧照汉去香港与省委联络。为了尽快搞好党组织的恢复工作,特委、县委、区委的同志统一分成两组进行宣传发动工作。冯白驹、符明经、王业熹、冯建亚、冯安全在演东活动。演东活动的地方包括演

60

丰、塔市、茄芮、三江、苏寻三、坡园、道崇等村庄。李汉、刘秋菊、陈忠诚、林天贵、妖香等同志在演西活动，活动的地方含昌城、博罗、排坡、礼让、大侃、茂山、迈德、美兰、灵山、大林等地村庄。工作任务主要是寻找失散的革命同志，恢复组织，扩大队伍，坚持斗争。因为环境恶劣，我们白天隐蔽，夜间活动，过着"山猫"式的生活。

有一夜，我们下到礼让村找大革命时期的老屋主陈献丰。我们请他帮助做两件事：一是寻找失散同志，二是解决吃饭问题。他把消息传开后，第二夜，我们下到乡村，差不多每户都预先做好饭菜放在伙房里，等待我们去吃。我们进屋时，屋主他们在睡房里，说："虾三虾四呀，饭菜放在吊箩里，你们自己拿下来吃吧。"这些话表面是对孩子说，实际是对我们说的。因为那时敌人常在夜里伪装进村侦察，老百姓怕中敌人奸计，不敢正面说话才这样说的。后来，敌人发生怀疑，抓老百姓去下毒刑，但老区的群众始终是支持我们的，如礼让妈，上午敌人给她下毒刑拷打，晚间回来又接洽我们。为了减少群众痛苦，我们尽量少进村。有时非进村不可，也要注意消除脚印，以免老百姓受罪。有一次刮大风，我回坡园村避风，反动民团把村包围起来，我逃脱了。他们抓走十多名群众去当人质，要村人交出我来，还出5000元大赏捉拿我。他们抓不到我，又去南排村搜查，刚好刘秋菊和林天贵在那里。敌人发现后一直追赶不放。刘秋菊机警拐了个弯，跑到番薯地里用番薯藤盖了起来，逃脱了敌人追捕。林天贵被追到仙园桥河边，过河溺水而死。他的尸体漂浮到河港村，被村人发现说是我的，叫我家人去认尸，我家人不敢认领。村里一位国民党的保长看后说是我，便叫人抬去埋掉。国民党反动派大放鞭炮庆祝，立即释放被捕群众。这件事发生后，我好久不敢进村，住在山坡上的树林里，有时捡些芋头到锦山一个老人家里去煮吃；有时老区人民也在夜里送饭来给我们；有时我们请群众代买食物，放在固定的地方，我们去取。就这样度过了一段时间。后来，敌人搜山，抓老百姓开路，用刺刀赶着，想用这样的办法，生擒我们。但是，我们有群众送情报，敌人搜这山，我们跑到那山，敌人搜山里，我们跑山外，这样来回和敌人"捉迷藏"。

1933年清明节那天，扫墓的人很多，我和李黎明、陈忠诚住在美银村灌木林的山洞里不敢出来。不巧，有一位老大妈烧山赶山猪，大火逼我们从洞里出来。那位老大妈看见我们，很难过，表示道歉。我向她做解释，叫她安心回家去。黄昏时，她带她的儿媳妇挑饭来给我们，说："今天是过节，你们东西烧了，特地送来，快收下。"临走时，我们给她们一些钱，她硬是不肯要，还叫我们饿时到她的地里去挖番薯吃。

后来，我们请这位老大妈代买东西。但她不识字，买什么要做个记号，例如买几斤米，就用树叶包几粒米放在海棠树头；买几斤菜，就用树叶包几片草叶放在野菠萝丛里。她买回来后，放在特定地方，我们去取。以后，我们还通过这位老大妈做联络工作，找到后村、美养村的老党员。她还到博罗、大侃、茂山、迈德、高山等村找亲戚帮助恢复了这一带的党支部；同时还争取了演丰乡的国民党乡长，给我们提供了许多情报。仅三四个月的时间，我们就把茄芮、演丰、塔市、美兰、大林、三江、苏寻三、道崇、云龙等乡的党组织恢复起来。

冯白驹同志常对我们说，琼山没有大山，但有革命群众，我们能够住下来。这就叫作"山不藏人人藏人"。

扑不灭的琼南星火

林克泽

1932 年 7 月底，广东国民党军队陈汉光部来琼，疯狂地大肆进攻苏区。在陵崖县仲田地区坚持斗争的红军被打散了，县委通知我和林诗耀同志（林当时是县委的巡视员）到仲田苏区寻找被打散的同志，然后带下崖西。在一片白色恐怖中，县委书记王克礼已牺牲，剩下的同志都三三两两分散隐蔽在各乡村的山头。我们找了约一个星期才找到林鸿蛟同志，大家一起到新村港渔村，同县委委员张开泰见了面。我们几个同志经过研究，决定由我和林鸿蛟把收拢起来的43 名红军战士带回崖西，同陈文光、陈世德的游击队会合；张开泰、林诗耀和王国栋、吴云鹏等同志留下，恢复英州、坡村、仲田、六洞、七洞等区的工作。同年 11 月，我们回到崖西，区委于 1933 年 3 月间补充组成琼崖工农红军崖西红五连。陈文光为连长，陈世德为副连长，林鸿蛟为指导员。我仍担任崖西区委书记。鲜红的红旗又重新在尖峰岭的金鸡峰上高高飘扬，宣告了敌人妄图一举消灭红军的阴谋又一次破产。

崖西红五连成立不久，区委就接到望楼港支部的报告，说是国民党崖县县长王鸣亚的走私船停在望楼港的海边。区委立即布置由我和连长、副连长带人前往突袭。原留在望楼港儋州村的第三排也同时参加战斗，并通知望楼港党支部的部分党员配合行动。我们在头一天晚上到达望楼港，第二天埋伏在草屋里，准备等天黑后动手。我们的武器不多，只有2支驳壳枪和十多支长枪，其余的都是短刀。下午5点多钟，潮水快涨上来了，我们一声呐喊，出其不意地冲到王鸣亚的走私船上。船上的敌人有14支七九步枪、2支左轮枪，还有6门铜炮，但船长不知上岸干啥去了，除一人反抗外，其余的都慌忙举手投降。我们打开船舱一看：哗！里面有四五箱鸦片，还有200多个光洋和一些陶瓷制品。大家高兴极了。我们对船上的兵丁宣布，愿意参加红军的留下，不愿意参加的可以回家，每人还发给5元路费。船上的人多数有家，表示要走，我们当即打发他们走。望楼港的许多群众对此不解，纷纷跑上船来问我："阿泽哥，怎么把他们放走呢？"我向他们解释了党的政策，随后就让部队启航返回丹村港，第三排的同志仍回望楼港附近村庄。

这次奔袭可以说是十分圆满的，不料在返航途中却出了一个纰漏，差点让我们吃了大亏。那天，我们在海上抓到了恶霸吴多堂的一个堂兄，夜里他逃跑了，并引来了陈汉光匪军和王鸣亚的兵丁，他们一齐出动，企图把我们一网打尽。幸亏我们十分警觉，当夜一发现那家伙跑后，就做好了应战准备。天快亮时，敌人分成几路包围了丹村港。我们精神抖擞，严阵以待。敌人在远处打枪，我们就以船上的甲板、沙包做依托，卧倒隐蔽；等他们冲近点，再集中火力打排子枪，第一轮就打死了3个敌人。这一下敌人不敢再往前冲了，躲得远远的同我们对打。趁着空隙，我们展开了政治宣传攻势，放开喉咙又是喊口号又是唱歌。记得有首歌的歌词是这样的："看啊！黄土枯骨遍地，是谁家儿女兄弟。军阀和官吏，争权夺利。抓丁，穷人顶替；打仗，穷人卖命，自己打自己。兄弟们！为何不逃跑。何必白送死！上山打游击，逃跑进苏区！……"不知他们是真被感动了还是怕死，反正那些当兵的都停下来不放枪了，即使在当官的威迫下，他们也是胡乱放几枪应付了事。就这样一直对峙到下午3点多钟，丹村的群众和我们二排长带队伍赶来了，他们从背后打击敌人，我们也趁机冲下船去，敌人乱成一团，赶紧撤走了。这一仗虽然敌强我弱，但面对几倍于我的敌人，我们发扬了红军英勇善战的作风，硬是把敌人打得弃尸而逃。

丹村战斗大振了我们红军游击队的声威，陈汉光部和附近的反动民团又气又恨，经常来骚扰袭击。后来他们还采取了步步为营的方法进行严密封锁，加紧控制山区出入口，我们的处境越来越困难，粮食没有了，食盐也没有了，更困难的是同上级中断了联系……

县委领导张开泰等同志来我们驻地，看到尖峰岭虽然山高林密，但周围村落稀少，难以长久坚持，便同我们研究下一步该怎么办。我派李福省同志经乐东到五指山找特委，但因敌人封锁太严通不过去。后来，不但粮尽药缺，连每个人身上的衣服也破烂不堪了。为了保存革命力量，我们决定化整为零，再次分散，找职业掩护进行活动。大约9月间，原来从陵水跟我们来的40多名红军，有14人跟一排长子富同志回六弓峒，准备伺机在那里开展游击战；有20多人到感恩的新村租一个盐田当盐工；家在莺歌海、望楼港的同志则回去当渔民或种地；我们几个区干部也分散找职业做掩护。枪支有一部分是各人随身收藏，有一部分是埋藏在张光壁同志家里。

几个月后，同上级还是没有联系上。个别人开始悲观动摇了；有的人携枪自首，有的人跑去南洋。为了迅速改变这种局面，我们抓紧寻找上级党组织。派张开泰、林诗耀、林鸿蛟回琼山找特委，但一直没有消息。于是，让原来留在盐田的同志由林诗运、王国良带领携枪回陵水六弓峒活动。我继续留在新村坳积极同各县党组织沟通联系。

不久，琼崖特委派符明经、李汉、王业熹、冯安全四位同志来到南区开展活动，由张光壁同志从昌江新街带王业熹同志来感恩新村找到我。根据王业熹同志的介绍，我们知道了特委的指示精神。当时琼西南的主要任务是以尖峰岭为根据地，迅速恢复儋县、昌江、感恩、崖县、陵水等县党的组织。

大约在 1934 年 5 月间，琼西南临时工委在儋县白马井开了一次会。以后每次开会都在潘江汉同志的二叔家。当时临委分工，书记符明经、组织部长李汉、宣传部长王业熹、冯安全和我都是委员。我们仍以各种职业为掩护进行秘密活动，很快就把儋、昌、感、崖等县的工作恢复起来了。当时主要是做学生工作，在学校中发展党员。如儋县的新州中学、那大小学，昌江的墩头小学，感恩的感恩小学，崖县的崖县小学、莺歌海小学、港门小学等，都有了党组织的活动。我们用各种方法揭露国民党反动派的罪行，如军阀陈汉光派出所谓"抚黎"官员，抓了黎胞、苗胞用机关枪集体屠杀，还抓了一些黎、苗族青年男女锁在铁笼里带往海口、广州裸身露体展览。我们将这些事揭露出来，使群众进一步看清了反动派穷凶极恶的狰狞面目。

1935 年 8 月 1 日，中共中央发表了《为抗日救国告全体同胞书》，号召各党派和全国人民团结抗日。后来，传来了中央红军长征到达陕北的消息，我们受到极大鼓舞。1936 年 5 月，琼崖特委召开第五次扩大会议。充实特委领导机构，成立红军游击队司令部。1936 年秋，根据特委的指示，我们到南区各县传达贯彻《八一宣言》，准备武装力量迎接抗日。我们先后到儋县光村、峨蔓、白马井、海头及昌江、感恩各支部进行传达，还在各学校成立抗日读书会、抗日同志会等组织，利用各种机会揭露国民党对日搞妥协、对内搞独裁，实行法西斯专政的阴谋。

　　在党的召唤下，琼南抗日救亡运动如火如荼地开展起来了，革命的火种始终不灭，最后终于熊熊地燃烧成漫天烈火！

红色娘子军第二连[*]

符　仙

红色娘子军，即琼崖中国工农红军第二独立师第三团女子军特务连，于1931年6月在乐会县第四区成立。

女子军连建立之后，除了执行警卫任务之外，还参加了攻打文市、学道、中拜、分界等战斗。特别是在沙帽岭战斗中，配合主力部队歼敌"剿共"总指挥陈贵宛等100多人，缴枪100多支，使女子军连威扬全岛。琼东、乐会、万宁一带苏区的妇女受到鼓舞，更加积极要求参军参战。为了发挥琼崖妇女在革命斗争中的作用，中共琼崖特委和红军独立师决定，再增加一个女子军特务连——第二连。

我参加女子军是经过两次争取才被接收的。当时，我老家在万宁县六连岭下的北涌村。这里是革命的老苏区，我是村里少年先锋队的队员。1931年的一天，村里传说要建立

---

* 本文原标题为《我在红色娘子军第二连的一段经历》，收录时做了适当修改。

一个女子军特务连，我听了高兴得跳起来。第二天，我和邻村的两名少先队员许珍帼、许大莲到县苏维埃政府去报名，要求参加女子军连。她俩经过眼测被吸收了，我却因为个子太小而被"淘汰"。那时，我虽然"落选"了，但当女子军的欲望越来越强烈。过了不久，传来了要成立女子军第二连的消息，我又一次赶紧去报名。这次，我被批准吸收为女子军特务连第二连的战士。我入伍后，经过短暂的训练便参加执勤，主要是给团部和县苏政府站岗放哨、看守犯人。

1932年秋，广东军阀陈济棠派其警卫旅旅长陈汉光，率所属部队和空军一个分队来琼，向苏区和红军发起猖狂进攻，展开了第二次大规模的"围剿"。当敌人向琼东、乐会苏区进攻时，特委决定，为避开敌人锋芒，只留少数部队在苏区坚持斗争，特委和琼苏政府领导机关及红军独立师师部，由女子军特务连及警卫部队掩护，向母瑞山地区撤退。当撤至定安县牛鞍岭时，敌人尾追上来，情况十分危急。女子军特务连和红一营奉命留下阻击敌人。战斗持续了三天三夜，打得极其艰苦。在完成阻击任务后，女子军特务连又留下第二班负责掩护阻击部队撤退，全班战士在弹药打尽的情况下，同敌人展开肉搏战，最后全部壮烈牺牲在阵地上，用自己的行动履行了"把一切献给革命"的誓言。

琼崖党政军机关转移到母瑞山地区后，敌人又步步为营，在飞机的配合下，向母瑞山根据地实施"围剿"。情况越来越严重，琼崖特委和红军独立师的领导人经研究之后，决定部分红军突围，向乐四区根据地转移。女子军特务连的部分战士亦跟随行动，突破了敌人的围堵，在乐四区的沙帽村与女子军特务连第二连会合。但敌人亦紧追不舍，其大部队又突袭了乐四区根据地，红军损失惨重。为了保存革命力量，根据上级的指示，连领导叫我们把枪支交给县苏政府埋藏，然后各自分散回家暂且隐蔽，女子军特务连也随之解体。

女子军特务连虽然不存在了，但女战士们的革命精神尚存，继续在各地采用各种形式坚持着斗争。连长冯增敏回乡后遭敌人捕捉，在狱中不畏严刑拷打坚贞不屈。出狱后找到党组织，又在战场上英勇战斗，直至琼崖解放。我在当时也回到了北涌老家，但家乡苏区已被敌人毁了，只好转移到船上去住，白天藏起来，晚上出来做群众工作。经过一年多之后，乐万地区的革命活动陆陆续续得到恢复。那时，我们在县委的领导下，常常去和乐、北龙、南山等地活动，向群众做宣传，筹集粮款，支持革命。1936 年，我被安排到万宁县委机关当膳食员，以后又让我当交通员、做看护（护士），新中国成立后在海口市粮食局工作。

女子军特务连作为一个战斗群体，虽然历时不长，但它是琼崖妇女追求解放、投身革命的一面旗帜，影响深远。红色娘子军的革命精神永存！

美桐遇险

吴任江

1932 年秋，国民党陈汉光旅"围剿"我琼崖革命根据地，血雨腥风充斥了整个琼崖大地。1936 年 1 月 18 日夜晚，我跟随琼崖特委书记冯白驹、特委委员朱运泽转移到美桐村。美桐村位于琼崖北部琼山县咸来圩的西北面，全村有50 多户人家，是革命老区群众基础很好的一个村子。我们一到，革命老屋主（房东）欧琼琚大嫂就像见到久别的亲人那样高兴，赶紧为我们张罗煮饭、搭铺。我们当晚在欧琼琚大嫂家住下来后，准备在第二天一早就印刷《特委月刊》，以便尽快发出去，指导特委在各地领导的斗争。这是当时琼崖编印出版的党内刊物，我常随特委机关活动，负责刻写钢板和印刷工作。

第二天，我们刚吃过早饭，正准备开始印刷，突然在外面为我们看风的欧琼琚大嫂慌慌张张地跑来，上气不接下气地向我们说："快！快收拾东西撤退！咸来据点的'团猪'

蹿进村来了，快撤！"听到这突如其来的情况，看着琼琚嫂那慌张神色，我不由得一愣，显得有点紧张，可转眼一看，冯白驹同志却异常沉着镇定，他从窗口看了一下屋外的情况后果断地说："情况不明，不能冲出去，先守住大门口，不让他们冲进来！"话音刚落，随着一阵急骤的脚步声，两把寒光逼人的刺刀已伸进门口，两个"团猪"气势汹汹地蹿进来了。说时迟那时快，朱运泽同志拿着驳壳枪右手一甩，一个"团猪"便随着"乒"的一声枪响倒地了，另一个叫了一声"妈呀"就没命地往外逃。后面的敌人见状，不摸屋里底细，不敢贸然冲进屋来，只好在屋外远处卧倒，"乒乒乓乓"地朝门口、窗口乱放枪。我们三人也沉着地寻机还击。

战斗相持了一会儿，突然敌人从门口、窗口打进一排枪，密集的子弹似一批飞蝗。我顿觉胸部一闷，用手一摸，鲜红的血已湿透衣服，我负伤了，不过我一时不觉得痛，仍坚持着战斗。冯白驹同志看我负了伤，还能战斗，就鼓励我说："老吴，顶住！敌人不敢冲进来。你到院子中去守住两面墙壁，老朱把守后屋大门口，我控制窗口和围墙外的敌人，咱们待机冲出去！"敌人的包围圈越缩越小、火力越来越猛，也许是敌人看到我们还击的火力弱，东一枪西一枪，估计屋里人不多，也没有重武器，胆子便大了起来，企图先以强大火力压住我们，然后组织冲锋。就在这时，朱运泽同志的右手一个指头被敌人的子弹打断了，鲜血直冒。人说十指连心，疼痛的程度可想而知，可朱运泽同志仍然咬紧牙关坚持射击，他枪法熟练，弹无虚发，几枪就打倒三四个；有一个没有死，从血泊里爬出来想逃，朱运泽补了一枪，那家伙倒下后再也不动了，敌人见状吓得连忙往回撤。就这样，朱运泽同志又一次把向后屋门口冲上来的敌人压回去了。我在中庭院里也高度警惕地防范着可能越墙跳进来的敌人，我时而跳上这边院墙，时而跳上那边院墙，轮番打枪震慑敌人，生怕敌人翻越进来。当我跑向这边院墙射击时，突然发现在那边院墙的墙头上伸出两个敌人的脑袋，我急忙纵身跳至墙边一侧身，顺势连发几枪，那两个脑袋就像乌龟头一样一齐急缩了下去，我又跳上院墙补了几枪，敌人便仓皇滚回去了。

　　战斗打得很激烈，虽然在我们的严密阻击下敌人一时冲不进来，但门口也被敌人死死封锁住，我们也冲不出去。子弹越打越少了，再这样下去，不用多久我们将由于弹尽而被擒或牺牲。怎么办？正在这危急关头，冯白驹同志侧耳一听，当机立断地说："敌人在后门的火力弱，我们分散开从后门冲出去！"他手一挥，朱运泽同志便一马当先打出去，冯白驹同志和我也紧跟着冲出去。这一突然行动把敌人吓坏了，以为我们发起冲锋，连忙后撤。还未等敌人明白过来，朱运泽同志已朝北面跑出好远，冯白驹同志也绕过屋后丛林顺着山路狂奔，转眼便不见影了。我怕失掉联系，想到朱运泽同志是本地人，道路熟悉，跟着他就不会迷路，才朝朱运泽的方向追去。

　　我们三人一口气冲出去好远后，敌人才明白我们不是向他们冲锋，而是突围，于是叫喊着一边打枪一边向我们追来。为了减慢敌人的追赶速度，我们也边跑边向敌人还击；敌人见我们手中有武器，而且晓得我们的枪法厉害，不敢紧追，只得远远地呐喊和胡乱放枪。由于早上才吃了一点点瓜汤早饭，又和敌人战斗了那么久，再加上冲出来后拼命地狂奔，在翻过一道山坡时，我便有点坚持不住了。回头一看，刚好山坡挡住了敌人的视线，我急中生智，忙往旁边茂密的竹丛里一跳，迅速地钻进竹林深处隐藏了起来。我一动不动地伏身卧着，只听外面敌人叽里呱啦地喊叫，边打枪边奔跑过去了。这时，就在我藏身的竹林外十几米处，一个敌人大声地说："怎么搞的，刚才明明追着一前一后两个人，怎么只剩下一个啦！怪了！"我琢磨着敌人要搜山，就连忙把身上的日记本和机要文件掏出来，塞到竹根底下的洞里用干竹叶掩盖起来，并轻轻地爬到另一个位置藏住身子，以防万一敌人蹿进来。我被抓事小，党的机要文件落入敌手事大。

　　外面的敌人还在吵嚷着，并到处放枪，附近村子里不时传来小孩的哭叫声和狗吠声。我紧握驳壳枪柄，留神观察路边的动静，心想：如果敌人真的搜索过来，我就跟他们拼！突然，"嚓嚓嚓"的脚步声由远而近，正朝我的位置而来。糟了！莫非敌人发现我滴在地上的血点搜索过来了？我提起枪指向响声传来的方向全神贯注着，响声一阵紧似一阵地离我越来越近了，可是既听不见说话声，也看不见敌人的影子。我疑惑地伸手轻轻拨开竹叶，顺着那"嚓嚓"作响的方向望去，啊！原来是一只毛茸茸的大黄狗，正舔着从我伤口滴到草丛和竹叶上的血迹，一步一步地朝我藏身之处走来。我不禁一阵喜，心里暗暗庆幸：这畜生比外面那两脚畜生聪明多了，它舔着我的血迹就追上我了，而那帮两脚畜生却没有留意地上的小血点。真要谢谢这畜生，它帮我舔干净血迹，敌人就寻不到我了。可又猛地一想：这畜生要是走到我跟前，朝我吠起来，那不就等于叫喊敌人来抓我！怎么办？我转眼又恨死这该死的东西。可我又不能动，只好静静地注视着它，准备在它走近我万一吠起来时，出其不意地扑上去将它捏死。一步、两步、三步……它终于发现了我，我屏住呼吸目不转睛地看着它，它也停住用惊奇的眼光注视着我，彼此相距只有四五米，四目对视了好大一会儿。说来也奇怪，它似乎辨得出我是好人，便摇起尾巴，竟一声不吭转过身，慢慢地往回走了。我长长地嘘了一口气，这会儿又觉得这大黄狗可爱了。我不相信命运，当然不会是神灵派这黄狗来帮我舔除一路上的血迹，暗中掩护我，但这一惊险镜头确使我万分庆幸。

敌人盲目地在附近竹林里瞎折腾一阵后，便撤回村里抢东西去了。四周静得只听得见我自己的呼吸声，我用手顶着地，想站起来离开这危险之地，可万万想不到伤口这会儿竟像万箭穿心一样剧痛起来，只觉得眼前一黑就昏了过去。不知道过了多久，我才苏醒过来，吃力地用双手支撑着身体，将肩头靠在竹茎上，慢慢解开衣服察看受伤情况，三发子弹穿了七个洞：一发子弹穿过左手臂，再从左胸侧钻进去从右胸臂穿出来，留下四个伤口；一发从右大腿穿过留下两个大孔；一发射伤了左脚胫。幸亏都没有击中要害。这时天已正午，南国的冬日还是有点烤人，喉咙干得像着了火，伤口阵阵作痛，豆大的汗珠顺着脸颊直往下滚落，我咬紧牙关强忍剧痛，闭上眼睛斜躺着休息，打算待天黑后出去找冯白驹和朱运泽。想着想着，一阵剧痛袭来，我又昏了过去……

　　当我醒来时，太阳已西斜，四周死一般寂静，只是偶尔从远处传来一两声轻微的狗吠声。我决定摸到咸来尾村去，那里住着朱运泽同志的一位姓李的亲戚，我和朱运泽曾在他家住过两次。可是当我把身子支撑起来时，脚却站不稳，又重重地倒了下去，再次昏迷了过去。待再次苏醒过来时，天已全黑了，口又干肚又饿，再待下去恐怕永远起不来了。于是，我强打精神，用尽全力站了起来，但身子和双脚就像灌了铅一样沉重，怎么也挪不开步。我只好捡一截竹竿当拐杖，一步一步艰难地往前挪动。走走停停、停停走走，费了好大劲，好不容易才硬挪到李家。那位姓李的亲戚看到我摸黑登门，浑身血迹斑斑，先是一惊，而后似乎明白了什么，连忙扶我坐下，并立即为我煮水、做饭，端来热水帮我洗擦、包扎伤口。我口渴得要命，他又忙捧来一碗凉饭汤，我一口气喝光后才缓过气来。包扎完毕，老李这才对我说：

"你们从美桐村突围出来，敌人绝不死心，必然注意这一带村子，危险还没有摆脱呢！况且你伤势这样重，非十天半月好不了，我先给你安排一个地方躲一躲，治好伤再说。"我也觉得他说得有道理，便点头答应了。于是，他给我准备了一些饭团、开水、稻草，又找来一位老乡在前面探路，万一遇上敌人我们在后面好应付。老李扶着我走到靠近公路旁一处满是荆棘的灌木丛中，指着里面的一个石洞叮嘱我说："这里离公路近，似乎很危险，其实最安全。白天公路上有很多车辆和行人来往，只要你不吭声，敌人是绝不会注意这地方的。这里满是荆棘丛，群众也不会到这里砍柴火。你尽管放心地在里面休息，明天我买到药后再给你送来。"

第二天一大早，往三江圩赶集的人络绎不绝。我静静地躺在灌木和荆棘密包的石洞中，透过枝丫交错的灌木缝隙，偷偷观察着外面的情况。敌人做梦也想不到，就在他们车辆来来往往的公路边不远的石洞里，居然藏着一个熟知琼崖特委重要情况、被他们追捕脱险了的共产党员！我真佩服老李的神机妙算。下午，老李又来探望我，他有点抱歉地说："敌人正在到处追捕冯白驹同志，对这一带控制严了。药一时无法买到，让你受苦了。待我再另想办法吧！"我看到他那为难的神情，便对他说："不了。今晚特委如果没有人来找我，我就离开这里了。我来这里给你添了不少麻烦，真对不住！"他嗔怪地说："老吴，怎么一家人说出两家话来了？你打仗受伤为了谁？不说了，我知道你们这种人的脾气。你就找特委去吧，不过要千万小心！"说着又给我留下一包吃的。

下半夜了，还看不到特委派人来，我便顺着公路的山道，偷偷地乘夜暗摸到公举村。真是无巧不成书，我到公举村是想找到冯白驹同志，谁料他们也刚好到公举村找我，于是我便和冯白驹、朱运泽同志重逢了。我们分开才一天多，可我们却觉得好像分别了几年一样，你看着我，我看着你，从头看到脚，又从脚看到头。冯白驹同志见我还活着，很高兴，忙和朱运泽一道扶我进屋坐下。冯白驹同志亲自给我解开衣服，细心地察看我的伤口，激动地说："我们几次派人出去查问你，到处找你，可就查找不到。大家都以为你牺牲或被捕了，想不到你能平安脱险回来，太好了！"他边说边替我上药包扎伤口。这一夜我们真像久别重逢的亲兄弟一样，话怎么也说不完。这战友之情，只有在战火中过来的人才能体会得到啊！

草棚医院

王绍华

　　琼崖红军医院是 1928 年在六连岭革命根据地成立的，当时我被指派为医院院长和主治医生。1932 年秋，国民党陈汉光旅来琼伙同各地反动武装，疯狂"围剿"我琼崖游击根据地。琼崖党和红军几经浴血奋战，损失惨重，我们辛辛苦苦好不容易才建立起来的红军医院也面临严峻的考验。当时，上级党组织要我们分散转移，可医院里还有一批伤病员伤势不轻，我们决定在山上把伤病员治愈才走。

　　面临的情况非常危急。红军反"围剿"斗争失败后，敌人开始封山，山道、路口敌人处处设防、层层封锁，使我们与上级和山岭下周围的群众失去了联系。敌军到处清山搜查，企图袭击和消灭游击队医院和伤病员，情况一天比一天恶化，日子一天比一天艰难。伤病员同志伤势严重、行动不便，遇到情况很难及时转移，我召集医务人员和伤员同志研究后决定搬到六连岭山顶上的石洞里去。这个洞，是我们采药时发现的，在深山密林中，比较隐蔽。但远离了乡亲，跟群众的联系更加不容易了。本来我的家就在岭下的村庄，情况我很熟悉，可以在夜晚下山联系，但由于敌人搞"五家联保""移民并村""十杀政策"，苏区数以千计的革命群众遭到敌人的追捕、监禁和杀害，到处是一片白色恐怖，在这种情况下群众也不敢轻易与我们联系了。

我们在山上坚持了一段时间后，没有粮，没有油和盐，同志们只得吃野菜、野果。日子一长，不少同志得了水肿病。看到这种情景，我心情非常沉重，我们冒着敌人每天进山"搜剿"的危险，到洞外去四处寻找食物，终于找到一种茄冬草。小时候，我听草医老先生讲过，这种草烧后的灰有咸味，于是我们采回不少，晒干烧焦后研成粉末当盐用。煮野菜汤时撒上一把，味道尽管又苦又涩，但有咸盐味。过一段时间后，同志们水肿病果然逐渐好转，这样野菜充饥的日子也就习惯了。伤病员同志好转后也逐渐离开了医院，找党和红军游击队去了。

在艰苦的岁月中，医药奇缺，连红汞水、碘酒等一些常用药都没有，只好用草药来顶替。参加红军以前，我在家乡曾跟随江湖医生学过草医草药，当过一两年草药医生，但只能医治如感冒发热、痢疾腹泻等一些常见病，对怎样治疗枪伤脑壳、弹穿胸膛、折腰断腿等重伤没有经验，只好带着这些疑难病例，化装成老百姓到民间去走访草医、寻找药方，一边采制试验，一边临床使用，并且组织医务人员识药用药，共同攻克难关。

六连岭游击根据地山深林密，草药资源丰富，我们搜集应用于医疗上的草药就有 60 多种，包扎伤口用树皮纤维代替纱布，用草药煮水代替消毒药水。那时，除偶尔有一点消炎生肌的药膏外，几乎没有成药；就是药膏，也是我们自力更生用土办法制成，我们用荔枝仁、槟榔仁捣烂，用纱布过渣取其粉末晒干，然后用海棠油和蜂蜜调匀而成，这些原料都是当地可以找到的。当时我们游击医院的医疗器具更是简陋低劣，手术床是用四根木桩支起的一块用竹子编的竹篾来代替，手术钳是用山中竹子削成。一遇到有情况，医院和伤员都要随时转移，我们总是就地取材。就是这些简单粗糙的医疗器材和草药，抢救和治愈了一批批的伤员，使他们重新走上了战场。1934 年，有位红军战士在一次战斗中下腹部严重负伤，鲜血直流，被我们抢救到医院后，立即用汽灯芯线缝合伤口，用自制的土药膏包扎，并内服草药汤消炎，经过三个月的精心治疗护理后，这位同志痊愈出院了。

在医院党组织的领导下，尽管当时环境恶劣、条件艰苦，但我们的同志没有悲观动摇的，一次又一次地完成了上级交给的任务。敌人妄图把我们困死在六连岭上，可是他们的阴谋诡计每次都以失败而告终。记得有一次，敌军包围了我们的医院，情况非常紧急。为使伤病员安全转移，许多党员都首先站出来，要求承担掩护转移的任务。为了争取时间，我立即命令一个医生带领医院同志向另一山头转移，我带几个同志掩护。为了迷惑敌人，我在相反的方向开枪。敌军听到枪声，当即向我这边扑来，顿时枪声、喊杀声、诱降声混成一片。由于我熟悉地形道路，很快摆脱了敌人，回到了同志们中间。敌军扑空后，一把火将我们医院的草棚烧成灰烬。可是，当敌军撤退后，我们又砍竹子、割茅草，重建草棚医院。

我们就是以这种坚韧不拔的毅力，熬过了最艰难的岁月，终于赢得了斗争的胜利。

找　党

林诗耀

　　1932 年 7 月底，广东军阀陈济棠派陈汉光率警卫旅来琼后，采取步步为营、各个击破的战术，向我琼崖各个根据地发动了疯狂的进攻。在反"围剿"作战中，红军独立师主力遭受严重损失，琼崖革命陷入了十分艰难的困境。

　　但富有光荣斗争传统的琼崖共产党人和工农红军游击队并没有被吓倒、被征服。我们仲田苏区的 30 多名红军战士、地方党政同志，历尽艰难险阻，突破敌人的重重封锁线，跋涉 100 多公里，经陵水县的小妹洞、崖县的仲田岭到达莺歌海地区。按照陵崖县委的决定，于 1933 年春恢复补充琼崖工农红军崖西第五连建制，由陈文光任连长，陈世德任副连长，林鸿蛟任指导员，在莺歌海一带坚持斗争。

　　双手沾满了共产党人血迹的崖县反动县长王鸣亚，得知我们在莺歌海地区继续开展活动后，率领大队人马配合陈汉光部气势汹汹地扑来。我们从红军反"围剿"失败中吸取了血的教训，在敌军占有绝对优势的情况下，不能与敌人硬顶硬拼。为了保存这支弱小的红军队伍，我们决定化整为零，分散到各地去，以职业为掩护潜伏起来，待时机成熟再重整旗鼓。于是，大约有一个排的红军回到六弓峒、仲田岭一带分散隐蔽，还有一些同志则暂时回家去当农民或渔民，张开泰、林鸿蛟和我则带领十多人由林克泽同志带路，到感恩新村坳去寻找职业，设法潜伏下来。

我们到了新村坳后，东找西寻，好不容易通过林克泽的亲戚打听到有一家人，因家境日衰，准备出卖荒芜了的盐田。我便通过亲戚林开旭借来 25 块光洋，买来水车和晒盐的工具，租下盐田，干起晒盐的营生。恰好在盐田不远处有一间破庙，我们便以破庙为家，把带来的枪支、弹药涂上牛油，用布片、麻袋等东西包好，埋在盐田附近的高坡上，只留下我和张开泰随身带的两支驳壳枪，以防不测。

我们虽然有了落脚谋生的地方，但盐工的生活是够清苦的。那时经济萧条，盐价很贱，晒盐所得的钱实在难以糊口，一个月里难得吃上一顿米饭，顿顿是一把盐巴拌番薯稀饭。好在我们还会靠海吃海，隔三岔五就去赶海，待退潮时到海滩上抓些狗母鱼、小螃蟹来改善生活。当时，尽管革命处于低潮，到处是白色恐怖，但同志们心中时刻惦记着党，坚信黑暗过去就会出现曙光，共产党和红军是消灭不了的。同志们仍然充满革命乐观主义精神，自己动手制笛子、二胡，空闲时就吹拉弹唱，哼琼剧小调，给艰苦的生活带来了不少乐趣。

在艰苦的环境下，我们十多名战士最痛苦的不是晒盐的劳累，而是与党失去了联系。我们个个盼着能早日找到党，和党组织接上关系，能聆听到党的亲切声音。为了找到党组织，我们在晒盐田的同时，还一次又一次地派人到各地去，以行商为掩护，千方百计去找党。当时，感恩、昌江一带盛产瓜子，我和张开泰曾先后以做瓜子生意为掩护，到新街、四更一带去打听党组织的消息，但都没有下落。那时我们的心情是多么焦急啊！就像儿子找不到亲娘一样。

烈火炼真金。在艰难的考验中，有的人磨炼得意志更加坚强，但也有个别人思想动摇了。有一天，当我和张开泰离开新村坳到新街去找党时，在盐田做工的三排长陈天贵和一个班长（两人是同乡）串通一气，偷走我们藏在破庙屋顶上那两支留下防身未埋的驳壳枪逃跑了。临走前，他俩还煽动大家说："我们不想待在这鬼地方受苦了！"陈天贵两人的出逃，使情况变得异常严峻起来。我和张开泰回来后，为防意外事端发生，立刻和林豪、林克泽等人一起研究防范措施，最后决定不能再待在新村坳搞盐田，由林诗运带领部分同志重回六弓峒分散隐蔽，另一部分同志则到感恩去自寻职业，分散谋生，或当小商小贩，或当挑夫短工，设法隐蔽下来；由我和张开泰北上琼山、海口找党组织。

我们北上是沿着海岸线走的。为了避开敌人的封锁线，我们尽量选那些最难走、最隐蔽的小路，而且经常是利用夜晚或雨天行人少的时候赶路，那种苦是可想而知的。然而，我们一想到找党，苦呀累呀饿呀就都顾不上了。一路上，我们东躲西藏随机应变，好不容易混过了警察、暗探的多次盘问，历尽千辛万苦才到达海口市，然后又秘密潜回我的家乡。

我的家乡在大革命时期是红色区域，有不少人参加了革命，我和张开泰同志回到我的家乡后，觉得在这红色区域里找党兴许有希望。但是在白色恐怖下，这里的危险性更大。为了防止被坏人认出，我俩不敢露面，只能让家人亲友四处代为打听。可是那时候党的活动早已转入地下，我们想尽办法找了近一个月还是没有音信。没有办法，张开泰同志只好返回感恩地区去向大家报告情况，而我则以南洋华侨的身份公开露面寻找。又找了一段时间，还是找不到，后来我打听到雷州半岛的徐闻一带有 1927 年大屠杀时逃亡到那里的吴必兴、陈端敏等党员，我又怀着一线希望，专程渡海到徐闻县各地去寻访，经历了无数艰险，结果还是失望而归。我没有死心，又由亲戚介绍到海口二庙小学去当教师，决定以教书做掩护继续寻找。

一次又一次的寻找，一次又一次的失望，我们并没有因此而心灰意冷，始终坚信：琼崖党组织一定还在坚持着斗争，我们一定能回到党的怀抱。

1936 年，和党组织接上关系的林克泽同志带来特委的信件给我，当时我是多么激动啊！捧着特委的信，我不禁热泪盈眶，许久说不出一句话来。尽管当时斗争的环境还非常艰险，白色恐怖笼罩着琼岛，然而我们这些散失在各地坚持斗争的同志，和党接上关系后，就像儿子回到了母亲的怀抱，我们什么都不怕了，一个个都满怀信心地去迎接新的战斗。

峨蔓的"拓荒"斗争

蒲公才

峨蔓位于儋县西北部海岸，包括上浦、下浦（即峨蔓港）、林宅、新村和沙井等村庄。峨蔓革命根据地的建立，开始于土地革命时期。

1933年，林克泽根据琼崖特委的指示，到西路、南路一带秘密活动。他几次来峨蔓了解到这几方面的情况：峨蔓群众条件好，大革命时期就有农会组织；运输船多，有六七百名船工，经常运载货物到海口、湛江、江门、广州以及南洋各地，受到城市工人的思想影响，有一定的阶级觉悟，组织起来，将是一支不小的力量；再者，峨蔓没有国民党组织，也没有人当国民党的大小官员。这些条件，对于建立我党组织，发展革命力量，是十分有利的。林兑泽同志向上级汇报请示后便积极发展党组织。他首先介绍我的胞兄蒲广功入党，成为峨蔓的第一个共产党员。

为开展琼西南地区的工作，1933年下半年，中共琼崖特委决定成立中共琼崖西南临委，临委负责人是符明经，临委辖临高、儋县、昌江、感恩、陵水、崖县等六个县。1934年初夏，符明经、李汉、王业熹和冯安全等同志，从崖县乘搭帆船，和蒲广功同志一起来到峨蔓的下浦村，住在我家附近。他们带来了几套理发工具和一架缝纫机，第二天便开始营业，群众只当他们是外地来的"手艺人"。不久，他们迁到人烟稀少的港口去住，并由李汉同志从事一种当地人叫作"找老银"的职业，走村串港，登门上户，向群众收购陈旧过时的妇女装饰品。这样做，既可结交朋友，物色对象，又可了解社会情况，掌握敌人动向，开展游击工作十分方便。

这些同志入乡随俗，关心群众的红白婚丧，尤其注意和青年人结伴交友，群众把他们当作自家人。他们还通过我的介绍，接触和影响当地的进步知识分子蒲皆雅、许家桃、蒲国材、苏林英和林振亚等人，先后发展他们成为党员和游击队员。为了加强领导，经特委批准，在峨蔓下浦成立中共儋县工委，李汉同志任书记。经过一年多的工作，打下了一定的基础，积累了一些经验，建立区一级党的领导组织的条件已经成熟。于是1935年在下浦成立了江北区委，我被任命为书记。区委在临委和县工委领导下，工作重点是发展党组织，宣传抗日救国，发动群众，组织抗日游击武装，保卫琼崖。

为了把革命火种引向外地，1937年特委派我和潘云汉、谢宝辉到感恩县城，以小学教师身份开展革命活动。临委和县工委还在县城新州设立两个秘密联络点。一是月丰理发店，由地下党员吴炬同志负责，利用理发机会与地下工作人员接头。又由许家桃同志从吴炬那里把党的文件和报刊带回峨蔓交给临委、县工委和区委。这个联络点使用时间达半年之久。二是大众书店，先后由林国柱、吴绍荣同志负责，发售各种进步书籍，后来还和月丰理发店发行《新华日报》《长江日报》和《解放日报》等，它是党组织在儋县的第一个文化阵地。儋县中学的一批进步学生加入共产党和参加抗日救亡活动，是与这个文化阵地的宣传发动分不开的。这个联络点一直使用到抗战开始。

1936年，临委和县工委还为特委完成一项光荣任务。当时，因环境恶劣，琼崖党组织和中央的联系中断，临委和县工委根据特委的指示，停止"找老银"的工作，在峨蔓开设酒饼作坊，不断派人乘专船前往大陆运载酒饼泥，利用机会活动，接上中断了的联络线。后来在抗日战争中，在上级党组织的安排下，数十只小帆船利用晚上和天气变化的机会，冲过敌人的海上封锁线，前往大陆敌区购买大批武器弹药，运送到独立队，也是靠这条航线的作用。

建立峨蔓革命根据地的方针是："秘密积极活动，求得巩固发展。"经过两年多的组织发动工作，临委和县工委分析了当时的形势，认为建立党的基层组织时机已经成熟，便于1936年开始建立上浦、下浦、新村和林宅四个村的党支部，分别由蒲国材、蒲皆雅、苏林英和林振亚任支部书记。同时成立党总支，由我兼任总支书记（我走后由苏林英接）。各村的党支部成立后，公开的和秘密的活动进一步活跃起来。这时候的峨蔓，对于全县和南区各县来说，好像漫漫长夜中的一束火把，闪闪发光。

为了把革命斗争扩大到整个北岸地区去，党组织打算把几个在北岸有较大实力的当地头人争取过来，主要是陈姓头人陈德赏和李姓头人李传经。由李汉同志假冒陈姓（叫陈家连），去和陈德赏认宗亲；由我和许家桃、蒲国材、林振亚利用府城同学的关系，去和李传经拉关系，然而都没有成功。土匪出身的陈德赏和封建恶霸李传经，毕竟同我们不是一条道路的人。我们吸取这个教训，重新研究策略，决定用峨蔓各个村庄的姓族关系、朋友关系和同学关系，派人到各村庄深入发动，条件成熟的就发展党员、建立支部。经过将近一年时间的艰苦工作，把革命势力扩展到峨蔓以外的八九个村庄。

由于有了峨蔓这块红色根据地，1938 年春，儋县县委在特委的指导下，在峨蔓的上浦林宅祠堂举办党员骨干训练班，学员有四五十人，都是从全县各地选拔出来的，大多数同志在后来的革命斗争中成为我党、政、军的基层领导骨干，有的同志在发动群众献枪参加云龙改编的工作中做了不少贡献。

1938 年，日军入侵广东后，为了开展武装斗争，又通过蒲国材、林振亚、苏林英等掌握上浦、下浦的枪支编为一个中队。峨蔓人民在党的领导下，艰苦奋战，付出了巨大牺牲，一直坚持到海南解放。

斗争在昌江二小

陈 岩

　　1932 年 8 月的一天，一位中等身材的青年提着简单的行李走进了二小校门。这位年轻人就是 1938 年红军游击队改编时的琼崖独立队副队长，后来的琼崖纵队副司令员，为琼崖革命斗争做出很大贡献的马白山同志。

　　马白山是 1927 年入党的共产党员，他到二小后，不仅把学校办得很好，而且紧紧依靠革命力量同反动派抗衡，以不同的方法对付不同的对象，逐步站住了脚跟，积极开展革命活动，传播红色种子。

　　由于马白山办学出色，他受到学生的欢迎，得到当地进步青年、知名人士和广大群众的赞扬和拥护。他经常同教师、学生谈心，了解他们的思想状况，注意在课堂上结合课文内容给学生灌输革命思想，启发他们觉悟。如讲中国历史时，他通过农民起义推翻封建王朝的史实，说明人民群众是历史的创造者。他在黑板上画斧头和镰刀，暗示工农大众只有起来革命，才能推翻旧世界，打出新天地。在进行人生观教育时，马白山在黑板上画了人一生的各个阶段，讲人有生必有死，但要生得有价值、死得有意义，要做一个有益于人类的人。这些道理像春风吹进学生们的心扉，给他们以深刻的启示，革命的种子在悄悄地萌芽。

在马白山提议下，学校增加了军体课。他亲自训练的童子军，在全县青年学生军训比赛中获得了第一名；还组织成立了文娱队，演出进步戏剧《放下你的鞭子》《大义灭亲》《五卅惨案》等，深受全校师生和当地群众的欢迎。周围数十里的群众都知道二小来了个有学问的教师，教学很有一套，纷纷把自己的孩子送到这所学校读书。

马白山对付反动势力的方法也很灵活巧妙，他同当地一些掌权人物的关系搞得挺好，借助他们的关系，这样顽固分子和土豪恶霸就不敢那么嚣张了。到了1934年以后，马白山成了当地很出名的人物，一些富豪绅士举行宴会都给马白山送请帖，群众"做银眼"（一种民间储蓄形式）设宴会也有他一份，连过去曾持枪闯入二小威胁教师的反动土豪林显材也不敢再反对办学了，还将自己的两个孩子送进二小读书，逢年过节还请马白山到家里做客。马白山进一步站牢了脚跟，于是便开始了秘密宣传革命、发展党组织的活动。

就在这时，一场险恶风波意外地出现了。1934年，反动土豪王佐才的儿子王文康从广州读书毕业回到墩头，企图去二小取代马白山的教务主任职务，便跑到县城向昌江县县长陈明栋报告，说马白山是流窜到昌江的共产党危险分子，企图把马白山排挤走。陈明栋一听，顿时吃了一惊，连忙把这件事告诉了教育局局长李兆鳣，幸好李兆鳣的父亲李国深（任过民选县长）是王佐才的死对头，而且李家父子对马白山的办学成绩很满意，平时关系又好，因此李兆鳣一听陈明栋述说，便当场顶了回去："你不要相信这些鬼话，王文康想到二小去，他为了赶走马白山，才把恶名强加给人家。"李兆鳣还说："马白山是个热心教育的人，和各界知名人士关系很好，是信得过的。"他的话打消了陈明栋的怀疑。事后，李兆鳣又把马白山请到家里告知此事，对他进行安抚，还怒气冲冲地骂了王佐才父子一顿，他赞扬马白山办学出色，是个好人，要马白山安心办学。

1934 年，马白山的胞兄、共产党员马秋江在上海从事地下活动被捕入狱。马白山凭着他的威信，通过当时的校长戴恩民，以昌江二小的名义将其保释出狱。马秋江出狱后，也来到昌江二小，并接替了马白山的教务主任职务，使马白山有更多的时间从事社会活动。马秋江的到来，更增大了二小的名气。

马秋江为人正直，性情温和，思想开朗，平易近人，天资聪颖，多才多艺，他接任教务主任后，十分注意培养学生革命人生观，他用鲜艳的油漆在新建的课室走廊的柱子上写了推行新文化的标语，还画了骆驼、狮子、耕牛、猴子、战马和蚂蚁，教育学生要像骆驼那样坚韧，像狮子那样矫健，像耕牛那样勤劳，像战马那样勇敢，像猴子那样敏捷，像蚂蚁那样团结。这些生动形象的比喻通俗易懂，在学生年幼的心灵中播下了"善、美、勇、健"思想的种子，给学生以深刻的启迪。

马秋江还援引著名教育家陶行知"社会即学校、生活即教育"的办学方针，拟定了"爱、健、坚、劳、创"的校训，用漂亮的美术字写在木板上，挂在学校的大厅内，作为学生的努力方向。还写了一些思想性很强的标语贴在课室里，如"勤奋学习，追求真理，认识社会，改造社会"等。马秋江会唱歌、会弹风琴，经常带领学生演唱《义勇军进行曲》等歌曲。他还特地创作了校歌，歌词是："同学们，别忘了我们的口号，社会即学校，生活即教育。拼命做工，拼命学习，一面做，一面教，一面学。别笑我们的年纪小，我们要把中国来改造，来改造！"他经常组织文艺晚会，演出反帝反封建的小节目。每当此时，校园里就传出嘹亮的歌声："墩头高高，海水滔滔，围绕着我们的学校。哥哥弟弟姐姐妹妹，在这里舞舞跳跳。大家读书，大家做工，大家高兴，跳跳跑跑。一边做，一边教，一边学，爱健坚劳创，要新生，努力！一二！要独创，努力！一二！要健康，努力！一二！光明天下，是我们创造！创造！"马秋江针对学生的特点，灵活地通过多种形式，促进了广大师生思想觉悟的提高，有效地扩大了反帝反封建的革命宣传。

二小越办越好，越办越活跃，教学质量越来越高，名声越来越大，学生也越来越多。学校还破天荒办起了夜校，实行"小先生制"，就是由学生教父母兄弟姐妹识字。因马家兄弟办学很得人心，远近的人们都知道墩头二小有两匹"骏马"，人们亲切地称马秋江为"大马"，把马白山叫作"小马"，马家兄弟名贯琼西南。但人们只知道他俩教书有方，却没有想到，这两位"好先生"正在昌江的土地上默默地耕耘播种着红色的种子，从事着神圣的革命事业。

为了发展革命力量，建立党的组织，1935 年，马白山从高年级学生中物色了一批入党对象，秘密组织他们学习马列主义基本理论和党的基础知识，教育他们树立共产主义的伟大理想和为中国革命献身的精神。这年冬天，马白山同中共琼崖特委派遣到琼西南临委工作的共产党员杨启安接上了关系，从此他在特委的直接领导下工作。1936 年初，在二小发展了第一批共产党员，成立了二小党支部，秋天又发展了第二批党员。二小党支部成立后，学生运动便处在党的直接领导下了。学校成立了学生会（也称学生自治村），在学生中具有很高的权威，经常带领学生走出校门，向群众宣传旧礼教的毒害，揭露算命和道公骗术，提倡科学。学生会的活动，使学生受到了现实教育，造就了一批活动骨干。学生党员毕业后回到农村，好像撒播在土地里的种子到处开花结果，他们着手进行发展党组织的工作，成为建立农村党支部的骨干力量。

1937年卢沟桥事变后，学校像开了锅的水一样沸腾起来了，爱国的师生们对日本侵略者的扩张野心十分愤慨。在党支部的领导下，学校成立了抗日救亡宣传队，组织师生高唱《义勇军进行曲》等革命歌曲，走遍了全县大大小小的乡镇，进行反对内战、挽救民族危亡的宣传活动，号召全县各阶层人民迅速行动起来抗日救亡。

1938年初，学校组织了"抗日救亡远征宣传队"，由我和教员欧德修、林树兰等带领，到邻近的地区开展抗日宣传。下半年，我和欧德修又带领由24名学生组成的宣传队，从昌江的海尾出发，经过儋县的海头、南华、排浦、白马井、新英等市镇直到县城新州镇，在当地中小学进步师生的支持和配合下，进行了十多场宣传演出，收到很好的效果。特别是《放下你的鞭子》演出的效果最好，每当演到在日本帝国主义铁蹄践踏下无家可归的老父亲和小女儿沿街卖唱、悲痛欲绝的情节时，会场里响起一片哭泣声，观众纷纷把钱币投上舞台，支持抗日救亡运动。剧终后，宣传队带头高呼："日本帝国主义滚出中国去！""团结抗战，还我河山！"我们在新州镇同县中学进步师生共同演出三个晚上，震动很大。主张抗战的县长陈宗舜热情支持我们的演出，为我们举行招待茶会，给我们照相，并亲笔写了"抗战必胜""气吞三岛"等题词，赠送给宣传队。

不久日军侵占琼崖，学校被迫停办。在民族存亡的关键时刻，二小学校中的党员和进步师生拿起武器，纷纷加入党所领导的琼崖抗日游击队伍，他们浴血奋战不怕牺牲，表现了革命者高尚的思想品德。党领导的昌江二小作为红色革命的摇篮，载入了琼岛革命斗争的光辉史册。

光村纪事

黄天辅

　　光村地区位于琼崖儋县北部。1930 年，琼山县大革命时期的共产党员林克泽等同志从崖县来到沿海的海头、白马井、南岸等村镇，恢复了黄振亚、陈振雄、李友杜和林国杜等一批党员的组织关系，成立了党支部。当年的 11 月间，王超、冯道南、张兴、黄金容等人带领的 300 多名红军战士、200 多支枪，在抱舍的四方山活动。1931 年上半年，林克泽又到光村地区找到我哥黄金容、张兴等人，正式恢复光村地区各乡党支部与上级党组织的关系。

　　1932 年秋天，广东军阀陈济棠派陈汉光带领警卫旅到海南大举"围剿"羊山、母瑞山和六连岭等革命根据地，琼崖红军第二次反"围剿"斗争失败，以冯白驹同志为首的中共琼崖特委带领红军和干部在母瑞山坚持斗争。这时，儋县和临高县的党组织也和特委失去了联系，为了保存革命力量，泊潮村党支部、光村党支部、糯村党支部均转入更加

102

秘密的地下活动。

1932 年冬，国民党陈汉光决定在儋县抱舍一带设一个军垦基地，以解决他们部队的给养问题。当时我们儋县党组织为开展恢复工作，以我哥金容与我的名义正式向琼崖国民党陈汉光军政当局提出申请，利用敌人号召开荒之机，以办农场为掩护，建立恢复工作联络点。当时，我的公开身份是儋县光村区副区长，利用这个合法身份，我党在光村区上坊境成立了万安农场，我任场长。这一带山区有群众基础较好的村庄，且进可攻、退可守，是开展游击活动的好据点。万安农场的同志 30 余人，均是党员或干部、游击队员、赤卫队员，我们准备以这里为据点，进行儋县光村党组织的恢复工作和扩大武装斗争。

自 1932 年底起至 1938 年云龙改编前夕，我们以万安农场为基地，举办了三期党员训练班，提高党员骨干的活动能力，这些党员骨干经过训练后，分赴全县各地农村发动群众，建立党的基层组织，收集枪支弹药等。成立了交通总站，下设分站，任务是联络全岛及县内的革命同志，接待海南各地来的领导人、红军、游击队和地下交通员，为党组织传递情报。由于我们有一套严密组织，海南各地党的领导同志出入万安农场都有一种安全感、亲切感。同时，还成立了武装委员会和经济委员会，武委会下辖各村转入地下的游击队和农民赤卫，领导赤卫队秘密活动于上坊境一带保境安民。此外，还设立地下兵工厂土法制造器械，黄金容、张兴、黄振亚等人大革命时期在广州曾学习过枪械的制造技术，我们派人四处收购废铜烂铁，同时请来了一位流散在光村一带的广西人，大家土法上马制造了一套器械，生产了一批枪支弹药。1938 年 12 月，由我率队参加云龙改编的队伍中，有两挺机关枪就是由我们自己制造的。队伍到云龙时，前来迎接我们的冯白驹书记接过这两挺手提机关枪，各试了两梭子弹，连声称赞打得不错。我们这间地下兵工厂，一直坚持到抗战时期的 1940 年，后因叛徒出卖，器械被敌人抢去。经过了几年的恢复和休养生息，我们活动的光村地区在平静的外表下，革命力量得到迅速发展，许多村的党支部相继建立。

1934 年，琼崖特委派来李汉同志取道临高到泊潮村，由泊潮交通分站林瑛珠带到我家与黄金容碰头。自此，儋县党组织在与上级断绝联系几年之后又接上了线。李汉、黄金容、张兴等人经过讨论，认为在目前形势下很有发展新区之必要，便由李汉等同志以收购白银为掩护，到群众基础较好的峨蔓地区开展工作，并很快打开了局面，计划重新组建县领导机构。在琼崖特委的领导下，儋县革命形势再起波澜，出现了新的转机，峨蔓地区和光村上坊境革命根据地形成了东西互相呼应的局面。

1935 年夏，恢复县的领导机构，在峨蔓正式成立中共儋县工作委员会，李汉任书记。不久，李汉到光村地区活动，与黄金容、张兴等研究继续巩固和发展农村党组织工作。1936 年 8 月，儋县工委改为县委，领导全县人民进行公开或半公开的斗争；其中光村设区委（代号西北区委），党的工作也活跃起来，并且有了新的发展。

1937 年七七事变后，中共琼崖特委根据党中央的抗日民族统一战线的政策，向琼崖各界人民发出了"团结抗日，保卫琼崖"的号召。中共儋县西北区委根据特委和县委的指示精神，向群众广泛宣传党的团结抗日政策。1938 年 4 月间，在全县人民抗日声浪推动下，抗日后援会成立，县委派党员后援会利用合法身份积极进行抗日宣传发动工作，有些乡村基层抗日后援会（又称同志会）也相继成立，我们利用中午和夜晚的空余时间深入群众进行宣传活动，各村党支部也组织党员就地配合宣传，揭露日本帝国主义在东北屠杀我同胞的罪行，激发人民群众的抗日热情，启发人民群众的爱国思想。

1938 年秋，儋县县委在万安农场召开全县区委书记会议，布置了抗日宣传和武装抗日事宜。在县委和西北区委的领导下，光村地区成立了农民抗日救国会、青年抗日救国会和妇女抗日救国会等群众团体，广大群众积极响应县委的号召，购买枪支弹药，成立抗日武装队伍，基本做到青壮年手中都有武器，如步枪、土枪、大刀、梭镖等；多数村庄组织起武装队伍，一村一队，叫作抗日救国保乡预备队；村村加紧构筑防御工事，围村、挖战壕、筑地堡、堵路，以准备抗击日寇的进攻。

为了执行琼崖国共合作抗日的协议，保证云龙改编顺利进行，光村区委依照县委指示，要求各党支部大力发动群众捐献枪支弹药。泊潮村党支部在黄金容等同志带头捐献下，全村献出步枪 30 多支；光村、糯村、上坊各村以及振德乡、永隆乡的党组织也捐献步枪多支。叶连芳曾献枪 10 余支，我和金容兄捐枪 11 支和自制手提机枪 2 挺，以万安农场为基础的儋县人民筹集步枪共计 130 多支。泊潮、苏村、宣安、黑赤、糯村等农军中的青壮年都编入红军参加改编。在这场号召献枪、参军的活动中，我们光村地区的群众做出了自己的贡献。

月华鞋店[*]

林诗耀

月华鞋店是土地革命战争时期中共琼崖特委设置在海口市的一个联络站，同时也是中共海口市工作委员会对外公开活动的牌号。

1932 年琼崖第二次反"围剿"失败之后，海口地区党组织解体，党员潜伏起来，或到乡下开展活动。1934 年秋，国民党陈汉光旅调离琼崖，琼崖反革命武装力量只剩下各县的警卫队和区、乡的反动民团等地方武装，这在客观上为我琼崖党的各级组织和红军游击队的恢复和发展提供了有利条件。

1936 年 5 月，琼崖特委第五次扩大会议后，琼崖各地的革命斗争重新活跃起来，特委决定恢复海口白区党组织的工作。特委书记冯白驹、常委王白伦同志分别找林克泽同志谈

---

* 本文原标题为《忆"月华鞋店"》，收录时做了适当修改。

话，派克泽同志潜入海口寻找党组织的成员。林克泽在海口二庙小学找到我以后，我们立即赶到特委驻地琼山县演丰乡尚岛村，我向冯白驹同志汇报了失掉联系从南区回到琼山、海口地区寻找特委的经过情况后，他认为我在海口府城的亲戚朋友较多，是个有利条件，要我们在海口恢复党组织的工作。同时，他向我们宣布了琼崖特委关于加强海口白区工作，发起抗日救亡运动，设立地下联络点，秘密筹建海口市工作委员会的决定，并分工由我负责抓筹建工作。

1936年9月，林克泽同志为了做好到海口开展白区工作的准备，带杨启安同志到南区交接工作。这时我也回到了海口，按照琼崖特委的指示，着手筹建月华鞋店。在高飞同志的帮助下，从革命老区找到了高日位、高日斌兄弟俩，以及曾昌坤、沈毓沂、陈开春、吴发达、陈在英、陈德光、林诗贵、林诗恩、林书贵等13名工人。在林诗豪和周启杰的帮助下，租下海口市少史街一间二层小楼，作为筹建月华鞋店和我党在海口开展秘密活动的地点。当时，我们深入海口市西郊活动，恢复了一批基层党组织，从组织上为建立中共海口市工作委员会打下了基础。

经过了几个月的紧张工作，琼崖特委认为开办月华鞋店的筹备工作已就绪。于是，1937年初我们的月华鞋店便正式开张营业，林克泽为经理；同时，秘密宣布正式成立中共海口市工作委员会，由林克泽任书记，我负责组织工作，仆周负责工运工作。市工委的主要任务是在工人、学生及其他群众中广泛宣传"八一宣言"和我党的抗日主张，号召一切爱国人士，有钱出钱、有力出力，扩大抗日民族统一战线的力量，开展抗日救亡运动，并沟通特委与省委、特委与各县委之间的联系。

中共海口市工作委员会成立后，为了扩大宣传和争取群众，经常以月华鞋店的名义参加海口地区的民间社交活动，广交朋友，同时以高质优美的产品赢得信誉，树立起月华鞋店在海口地区的威望。因而，月华鞋店开业不久，顾客盈门，生意兴旺，为开展党的地下工作创造了有利条件。

1937年秋，我调离工委工作。1938年9月，林克泽同志赴延安学习，杨启安接任中共海口市工委书记，公开身份是月华鞋店经理。1939年2月，日本帝国主义侵略琼崖，海口沦陷，中共海口市工委停止工作，全体工作人员调回琼崖特委另行分配工作。

中共海口市工作委员会成立后，在恢复市郊大让党支部、坡崖党支部、薛村党支部、道客党支部、高坡党支部的基础上，又恢复和建立了市工委机关党支部、海口电报局党支部、府城监狱党支部、国民党军事教育连秘密党支部、敌内党支部、珠海中学党小组、茶店党小组、九八行党支部等，月华鞋店为沟通各方面的联络，广泛开展抗日宣传活动做了大量工作。

月丰理发店[*]

吴方定

抗日战争前几年，在儋县县城新州镇中山街有一间小店铺，门面挂着"月丰理发店"的大字招牌。

从设备上看，月丰理发店是一间普普通通的店铺，没有什么出奇之处。店里人员对来自各方面的顾客特别是工农群众，笑面相迎，语言亲切，热情接待。因而，顾客们有"到店如到家"之感，不是理发而去闲谈的人也不少。

有一次，我在店里理发，进来一个市民，对店主吴炬说："老吴，幸得你及时救助，要不我就无米下锅了。"边说边把两块银圆塞进吴炬手心。

吴炬说："我用钱不紧，你还困难，何必焦急。"那市民连声道谢才告别而去。可见他们同当地群众的关系何等融洽。

＊ 本文原标题为《我接触到的"月丰理发店"》，收录时做了适当修改。

店里共有三个人，以理发为主，兼营洗衣。他们都是外县人，为了工作方便，他们认真向群众学习地方语言，很快学会了儋州话，这使他们同当地群众交流更加方便，也更容易和大家建立起感情。有时，聚集在店里的人多起来了，正好他们又休息，他们便津津有味地讲起故事来，讲得有声有色；有时，清唱一段琼剧，逗得大家捧腹大笑；有时，对大家所关心的问题议论一番，说出人们的心里话，解开人们心里的疙瘩。因而，名义上说是个理发店，倒不如说它是个群众俱乐部还恰当些。

其实，月丰理发店是大革命失败，革命转入低潮时，我党琼崖特委经过周密的分析和妥善的布置，设立的党的地下联络站。理发店设得很巧妙，距离戒备森严的国民党县政府大门只有五六十米远。往往离敌人越近，越不易引起敌人的注意，而得到敌人的信息也比较容易。地下党的同志就这样利用这个特点，在敌人鼻子底下，安置秘密联络点。

当时，县城的国民党军政要人不少是琼山、文昌县人，店里的人员利用同乡关系同他们交往，不少情报是从这些"官方人士"嘴里获得的。1933—1934年间正是海南革命最艰难的岁月，琼崖特委派王永信等同志到新州，以茶楼伙计的职业为掩护，收集、传递敌人情报，发展党组织，王永信等也是从品茗聊天的国民党官员们嘴里获得不少情报，并通过月丰理发店转报特委的。

理发店不仅是儋县各地党组织交换情况、向上汇报和接受上级指示的联络站，也是琼崖特委通向南区各县的秘密交通枢纽，它向各地党组织传送党的文件和报刊，接待地下工作人员和联络员，传达琼崖特委的指示，向特委上送情报。然而，每进行一件工作，都得格外小心谨慎，因为联络站设在敌人鼻子底下，一旦暴露，工作人员立即就会被杀害，随时都有生命危险。可是，这些同志把生死置之度外，为了不出问题，圆满完成任务，他们做得胆大、心细、方法活。例如，在楼上开会时，店里就派人在店铺面前洗衣，从中观察动静，一发现敌情便发出信号，让楼上的人准备对付。由于他们掌握敌情，摸透了敌人的行动规律，隐蔽得十分巧妙，工作十分顺手。

理发店主人吴炬是地下联络站负责人。他是琼山县人，大革命时期入党，大革命失败后出走南洋，后来潜入儋县，受特委之命建立联络站。他左脚残疾，走路一瘸一拐的，十分艰难，但他做事说话总是精神焕发，为了更好地以理发职业掩护，他学会一套熟练的理发技术，理发工具运用自如，理出的发型既时髦又能因人制宜，因而各种各样的顾客都喜欢找他理发，这就使他能够从各方面人的口中了解和收集情报。他还刻得一手工整、美观的钢板字，白天劳累了一天，晚上还熬夜刻印党的文件、宣传品，或密写、显影、分发秘密信件，工作非常艰辛。但他从来不知疲倦，在艰险的工作面前，也从不畏惧、退缩，在他身上闪耀着共产党人为革命为人民鞠躬尽瘁死而后已的光辉品德。

有一次，我抱着好奇和"探个究竟"的心情，贸然闯到理发店楼上，只见楼上堆满了书籍，其中有《共产党宣言》《国家与革命》等，心里暗暗赞叹：怪不得他们与平常的"手艺人"不一般，原来他们有那样崇高的理想，心里装着受苦的劳苦大众。

吴炬发觉后追上楼，神色紧张地紧握我的手，用信任的眼光看着我，片刻说："你既然明白了，我就不向你保密了。我们就是共产党，所作所为，都是为了人类的彻底解放，实现共产主义。可是，任重而道远，需要我们努力奋斗。如果秘密泄露出去了，国民党反动派就要抓人、杀人，革命就要遭到严重损失。"我严肃地向他保证：谁好谁坏，我已经能够分辨，绝不会做出那种令好人遭殃、坏人高兴的事。

日寇侵琼后，吴炬参加抗日队伍上山打鬼子去了，后来调到琼崖特委工作。有一次，我因事路过司令部，无意中遇见他，久别重逢格外亲切。我们席地而坐，倾吐衷情，谈天说地，没完没了。谈起往事，他深有感触地说："实践证明，当时我们这样做非常正确，效果也很明显。没有地下党的联系群众、发动群众，琼崖红军游击队就不可能那么快恢复和发展壮大起来，也没有以后琼崖的革命大好形势。"

抗日战争后期，吴炬受病魔摧残，在战斗的岗位上与世长辞。他为党奋斗了几十年，做出了重要的贡献。他永远值得我们尊敬和怀念。

琼崖特委印刷所

吴任江

1929 年，李黎明同志介绍我到琼崖苏维埃政府学习印刷工作。从此，我便投身于党和红军的革命队伍。

1932 年初，我在定安县找到琼崖苏维埃政府，印刷所也设在这里。起初，我在印刷所边学习边刻字。当时的苏维埃政府印刷所，主要任务是负责印制特委和红军的通知、标语、传单以及苏维埃政府的布告等，标语有"推翻国民党统治，建立苏维埃政权""青年到红军中去""青年到苏维埃区域去""扩大红军，巩固苏维埃政权"等。我们印制的标语分发给各县苏维埃，再由他们印发张贴。一张标语通常分两次印刷，先用红油墨印上苏维埃的斧头镰刀标志和标语头，再用黑油墨印上标语内容。不久，组织上又派我回家乡琼山县委搞印刷工作。由于国民党对苏区进行残酷的"围剿"，印刷所随县委经常转战在羊山、昌应、昌西、坡训、坡眉一带。

114

1933 年上半年的一天，印刷所随县委驻在第十一区演丰的坡头附近山里，三江博布反动民团团长吴清兰带领团丁包围我们驻地。敌我力量悬殊，情况十分危急，在李黎明同志的带领下，我们利用敌在明处、我在暗处的有利条件与敌人周旋，寻机集中短枪手袭击敌人。结果反动民团团长吴清兰被我们打伤腹部，大挫敌人锐气，击退了敌人的"清剿"。

红军损失后，革命处于低潮，环境非常恶劣，纸张、油墨更难找到。在敌人残酷的反复"围剿"下，我们幸存的党组织和红军经常转移，这时印刷宣传工作时断时续。环境越是恶劣，群众越是希望听到党和红军的消息，不少革命堡垒户、基层党组织的同志、学校的师生冒着被杀头的危险，想方设法给我们弄来纸张、油墨。一张纸、一盒油墨，不知经过多少人的手，冒着多少风险才能送到我们的手中。

1933 年 4 月，冯白驹带领 20 多人的红军队伍，突破敌人重围，从定安母瑞山回到我们琼文县的云龙一带老区活动。从此，我们在特委的直接领导下，坚持孤岛斗争。冯白驹同志带领特委幸存同志回琼文后，以琼山东部为基础，联络隐藏在各地的同志，恢复发展党的组织，重建革命武装和革命根据地，伺机袭击敌人。不久，琼文县委书记李黎明被派往乐万县开展工作，琼山县的工作直接由特委书记冯白驹领导。琼文县委印刷所同时也就是特委印刷所，有一段时间印刷工作虽然只有我一个人，但印发传单、宣传群众的工作还是坚持下来，没有停过。

1934 年，随着党组织的恢复和红军游击活动的开展，琼文苏区的形势开始好转。在冯白驹同志支持下，印刷所的工作又有新的扩展，我们出版了 16 开本的内部刊物《特委月刊》小册子，主要刊登有关党的方针、政策、经验教训的文章，由特委领导冯白驹、黄魂等同志写稿。当时妇女不堪压迫，迫切要求参加革命，冯白驹写了《开展妇女运动工作》一文发表，还登过《加强支部工作的领导》等文章，指导各地党组织的恢复工作。我们还出版了四开版公开散发的《红旗报》，该报主要刊载我们红军在大陆各地反"围剿"的胜利消息。自特委在母瑞山根据地斗争失利后，琼崖特委与党中央、广东省委失去了联系，岛外的新闻消息主要从琼崖《民国日报》《华侨日报》《星洲日报》摘抄，这些报纸是由琼山县三江乡小学和树德乡小学等学校和民主人士订购，再由交通员转送的。记得有一条消息原意是讲我中央红军南经广东取得胜利，而琼崖《民国日报》歪曲污蔑，以《共匪十万，南窜广东》为题刊出，我们据此立即改写成《红军十万，浩浩荡荡下广东》一文，印发出去后，大大地教育和鼓舞了人民。

1936 年 1 月下旬的一天夜间，我和冯白驹、朱运泽等同志转移到琼山县美桐村欧琼琚家，准备在那里印刷出版《特委月刊》。第二天清晨，我们刚开始印刷，就被咸来乡民团包围了。冯白驹带领我们坚持战斗，抵抗敌人的几次攻打。起初，敌人摸不清我们的虚实，不敢贸然冲进来。敌众我寡，战斗越来越激烈，我们的子弹也越来越少，我们看准时机，坚持了一阵子后，从后门突围出去。这次战斗，我们击毙了数名团丁，但朱运泽的右指头被打断了，我的胸部腿部也中了几颗子弹。突围后的第二天夜里，我在乡亲李阿爹的搭救下，在公举村的山坡里和冯白驹、朱运泽会合了。

1936年5月，琼崖红军游击队司令部成立，朱运泽任游击队司令员，朱运泽调任后我接任琼山县委书记，印刷所由另外的同志负责，宣传任务更重了。这年冬天，琼崖党组织和红军开始转入建立抗日民族统一战线的工作。上海进步人士沈钧儒等出版《读书生活》等刊物宣传抗日，许多进步书籍在海口公开发行，特委也在海口开了一间大众书店，出售进步报纸刊物；1937年上半年开始，特委先后出版《红旗报》《救亡呼声》。我曾为《救亡呼声》写过一篇题为《从"丈田"说起》的文章，揭露国民党贪官污吏阻碍抗战的行为。当时办报很困难，《救亡呼声》出了两三期便停刊了。

1937年11月，林李明在特委书记冯白驹被捕后，根据省委的安排，接任琼崖特委代书记，他继续支持我们办大众书店和出版抗日刊物。

海口特别党支部 *

李雨枫

1938 年 4 月，我到海口市从事抗日工作，以海口市邮政局职员身份进行活动。后来根据中共琼崖特委指示，在海口市成立一个由特委直接领导的特别党支部，由陈乃石、高仕融和我组成，陈乃石任党支部书记，主要负责与海口市工委联系工作，我是宣传干事。按组织规定，对陈乃石的工作我们不过问，他对我们的工作也不过问，我和老高的工作直接向特委负责。我们的任务是在海口市进行抗日宣传，做好统战工作。

当时，海口有两份报纸，一份是琼崖国民党机关报《民国日报》，一份是国民党员林光灏办的《国光日报》，前者是国民党官方的喉舌，后者是国民党进步人士办的报纸。《国光日报》旧址在海口市新兴街大众书店的隔壁，版面为

---

* 本文原标题为《海口特别党支部斗争片断》，收录时做了适当修改。

铅印八开小报。林光灏是《国光日报》社长兼总编,他政治倾向比较进步,主张抗日,也赞同团结。

为了做林光灏的工作,我开始向《国光日报》投稿。待该报接连发表了我的稿件之后,我就找机会结识了林光灏。当时林光灏主张团结抗日,正因为这样,我俩交谈中就比较容易谈得拢。一次交谈中,我问林光灏:"怎么你的报纸很少有评论、述论?"林说:"没有人写。"我说:"我帮你写好吗?"他说:"好啊,那就麻烦你了。"从此,我就开始为《国光日报》写评论,并继续观察他对我的稿件持什么态度,一看是否发表,二看是否删改。如果不发表,或者有意歪曲篡改,那我就得另加考虑了。结果,林在《国光日报》上接连发表了我的来论,而且原文照登。看来,在政治上不能说林光灏不明智。

后来,我又跟林光灏说:"你的报纸应该定期有社论呀。"他回答说:"好呀!但是没有人写。"我说:"那我帮你写。"林说可以。此后,林就委托我为《国光日报》写社论、评论、来论,我借此对时局进行评论。

同时,我还向林光灏建议新辟了一个"十日战局"专栏,专门报道抗日正面战场与敌后战场的情况,分析抗日战争局势,宣传团结抗日主张。该栏由我负责写稿,利用中共中央重庆办事处出的《新华日报》、新华社的电讯、郭沫若等办的左派报纸《救亡日报》等材料,加以分析、综合、加工,每10天撰写一篇分析当时抗日战争局势的文章。

那个时候，在海口国民党统治区，报纸、广播都是宣传国民党区的抗日即正面战场，要讲敌后战场即我党领导的抗日游击战争情况很不容易。我的文章正面战场、敌后战场都写，因为都是抗日，而且在 1938 年时，正面战场是重要战场。当时琼崖的情况是，敌后战场的消息基本上被舆论界封锁，我的任务在于把敌后战场的情况向人民宣传，把我党在抗日战场上的重大活动告诉人民，所以我既报道正面战场，又宣传敌后战场。一方面要合乎当时的实际，另一方面又要考虑到《国光日报》是国民党人办的报纸，如何才有利于《国光日报》所处的情况，如何才能发挥我们希望发挥的作用。

1938 年 10 月，广州失守。日本飞机和军舰更加频繁地入侵海南岛上空和海域，琼崖局势紧张。中共琼崖特委打算用冯白驹名义发表一篇重要文章，题目是《对琼崖时局的我见》，时间在广州失守之后琼崖红军游击队云龙改编之前，特委指示要我想办法在《国光日报》上公开发表这篇重要文章。我就去找林光灏，对他说："现在有一篇重要文章，你敢不敢在贵报发表？"他问我是什么文章，我告诉他是琼崖著名抗日人士的文章。林说："你把文章拿给我看看。"我把这篇署名冯白驹的文章拿给了林，林一看就明白是怎么回事。他说，我知道你的关系，你是——用手势比了个"八"字。因为平时我常去大众书店，冯白驹同国民党当局谈判期间就公开住宿在该店二楼，我常上他那儿谈工作。这事林曾多次问过我，每次我都回答说我是抗日分子，一切抗日的人都是我的朋友。我向林分析了发表这篇文章对报纸的好处，我说："发表这篇文章对贵报很有好处，这文章发表之后更能表明该报是进步的。广大群众会支持你。你会赢得更多的读者，不信你就试试看。文章你先拿去看，明天给我个答复。"第二天，我问他考虑得怎么样了，他表示同意。冯白驹在海南岛很有号召力，他是琼崖国共谈判中我方的全权代表，是琼崖抗日的一面旗帜。中共琼崖特委的这篇重要文章就以冯白驹名义同时在《国光日报》《国光旬刊》上发表，《国光日报》当日的发行量猛增，群众争先抢购，很快全部卖光。这在当时不算大的海口市是了不起的事。

由于《国光日报》发表了冯白驹的文章，宣传团结抗日，表达了各阶层人民抗日救国的共同心声，因而深受琼崖人民的欢迎。也正因为这段时期的《国光日报》都是宣传团结抗日的主张，所以被一般人误认为是共产党办的报纸。

1938 年春，中共琼崖特委创办了《新琼崖》半月刊。由于国民党有"报刊登记办法"，一切刊物都要按国民党政府的规定重新登记，这是国民党以公开合法的手段来取消各种进步报刊出版的一种反民主的手段。《新琼崖》仅出版了三期，因国民党政府不予登记而被迫停刊。

特委要我想办法通过林光灏的关系办一份我党的刊物。根据特委的指示，我以个人名义找林洽商。我说我想办一份旬刊，但没地方印刷，国光日报社是否可以代印？林探问这个旬刊是以什么名义。我说，想用你们《国光日报》的名义办个《国光旬刊》，因目前有个"报刊登记办法"，另搞登记要花时间太麻烦。林问，这个旬刊宣传什么主张？我说，宣传抗日。他也知道我一贯都是宣传团结抗日，也就同意我用"国光旬刊"的名义。我提出下列条件：这个旬刊仅以"国光旬刊"的名义，10天出一期，印刷由国光日报社负责；由我按期向报社付印刷费；其余有关编辑方针、刊物稿件、编辑、校对都由我负责。同时，我向林分析办这份刊物对《国光日报》的好处。他同意了我所提出的条件。当时林光灏也需要与共产党拉关系，他这个人在国民党中并不是当权的，而是属于被排挤之列，他想能向共产党靠近一点会有益处。我们就利用他这一条。我们用《国光日报》的名义办《国光旬刊》就不用重新登记，国民党的"报刊登记办法"就卡不住我们了，这叫作"移花接木"。

《国光旬刊》作为琼崖特委的刊物公开发行了，当然并不公开用特委的名义。《国光旬刊》编辑是我和高仕融负责，大部分稿件来自特委，特委地下交通即海口大众书店的陈玉清与我之间建立了定期单线联系，由陈玉清负责将稿子交给我，在每期旬刊出版之前特委的稿件就送到我手上。《国光旬刊》的重要论文、时局分析都是特委发来的稿件，其他次要文章则是由我和老高写，然后由我编排好后交国光日报社付印。每期出版印刷费大约100元，经费由特委拨给部分，外加老高和我缴纳的党费，由我以个人名义按期付给国光日报社。发行则是根据特委事先规定的收件人名单，我按照名单上的姓名、地址、份数、时间发寄。这些收件者实际上都是我党的地下交通站或县委的联络地点。《国光旬刊》从1938年12月出版，直到日本占领海口市而停刊，10天出一期，出了六七期。

《国光日报》《国光旬刊》同时发表了冯白驹署名的文章之后，特委指示我，以《国光旬刊》记者的身份，通过林光灏的关系，走访琼崖国民党守备司令王毅、副司令杨永仁，请他们发表对琼崖时局的意见。我找林商量。林说："那么你以什么身份去呢？"我说："我是《国光旬刊》的记者嘛，我想就用这个身份。到时候请你们国光日报社给我一个记者证，并且请你事先在接见人与我之间搭个桥，拉好关系。"林光灏没有犹豫，他说："好，我就给你办！"

之后，我以国光日报社记者的身份在约定时间去见他们。我说，广州失守了，日本人经常在海南岛周围活动，琼崖局势紧张，琼岛百姓十分关心琼崖时局的变化，为此特意拜访，请你们谈谈对琼崖时局的看法。他们一边谈，我一边记录。杨永仁态度比较好，倾向于团结抗日、国共合作。王毅所谈也还过得去。

我将他们的谈话整理成记者访问记，然后去找林光灏。我对林说，你的报纸还想再扩大发行量吗？他问我怎么个扩大法。我说若能在《国光日报》上发表访问记，你的报纸地位定能提高，发行量必然剧增。他说那好吧。于是，我以记者的名义，同时在《国光日报》和《国光旬刊》上发表王、杨的谈话。当日《国光日报》发行量猛增。这对林很有好处，对我方更有利。在海口局势紧张时，发表记者访问记，实际上是迫使国民党琼崖当局表态，以利于琼崖的抗日局势的发展。我们估计到他们不敢说不赞成抗日，也不敢公开说反共。

那时，我白天到海口市邮政局上班，业余时间除了做党在报纸、出版界的工作之外，我们还利用一切机会开展其他形式的抗日活动。高仕融同志公开身份是琼崖海关高级职员，他和我在海口市组织发动了一批进步青年，搞了个抗日剧社，叫琼崖剧社，在海口市开展各种形式的抗日救亡宣传。又打通国民党琼崖守备司令部政训处的关系，打着政训处的名义，并由政训处出钱，在海口公演了一次稍大型的抗日救亡话剧与琼剧。演出的剧目有《放下你的鞭子》和《夜光杯》（该剧揭露华北汉奸殷汝耕投降日本的罪行）等，还有我们自己编写的话剧，还把话剧改编成琼剧演。公开演出的地方、剧院租金、演出经费等均请政训处出面找剧院，出钱解决演出的各项开支费用。政训处并不知道我们的面目，他们只是出于笼络人心，没料到演出的结果却是激起了民众爱国抗日的激情。之后，政训处的头头嗅出剧社是在我们抗日青年控制之下，这班青年可不是他们所想象的那些青年，所以当我们提出再次公演时政训处就不干了。通过办剧社，我们在海口市团结、组织了一批抗日青年。

中共海口电报局支部[*]

力 一　杨 明

1936 年 2 月，党领导下的先进青年群众组织中华民族解放先锋队（简称"民先"）在北平宣告成立。10 月，广州进步青年学生积极响应"民先"抗日救亡的号召，在广州筹建"民先"广州分部。不久，"民先"广州分部的筹建机关被广州国民党当局破坏，我们相继来到了海口市，在国民政府交通部海口电报局从事抗日救亡工作。

当时，国民政府交通部在琼崖只设有海口电报局，是琼崖向全国各地乃至世界各地通电的唯一机构。局长力伯皖毕业于中国交通大学，来海口之前，利用他同国民党交通部的上层关系，打入海口电报局，当上了局长。机器设备只有一部功率 15 瓦的小无线电台，只能同广州电台互通电报，然后由广州台转发国内外各地。海口是琼崖的重要商埠，香

港、南洋的商船经常停泊于海口港，国际商业电报业务繁忙，日收入最高时可达 2000 元。

陈沪郎是海口电报局的老报务员，业务上是个骨干，前任局长冯启铫十分器重他。力伯皖任局长以后，业务长冯启铫对没当上局长极为不满，企图利用老乡关系和过去的感情拉拢陈沪郎，排挤力伯皖。但冯启铫苦心钻营了两个多月，仍然得不到陈沪郎的同情和支持，希望破灭后便申请调离海口。陈沪郎是位爱国进步青年，具有强烈的爱国心，关心海口的抗日救亡运动的发展，我们彼此之间心心相通，观点一致，常常推心置腹地谈论国家大事，互相关心，促膝交谈，情同手足。他在海口工作多年，对海口情况熟悉，熟人不少。1937 年初，经他介绍，我们认识了少史街月华鞋店老板林克泽和蒙国恩，林克泽是海口地下党组织的负责人，是以月华鞋店为掩护在城市开展抗日救亡工作的。我们找到党组织后，通过陈沪郎向党组织汇报了我们来海口前的工作情况，要求分配工作。

1937 年 4 月，陈沪郎、力一（原名力伯皖）、杨明（原名杨文秀）三人经林克泽介绍报冯白驹批准，加入了中国共产党，同时成立了中共海口电报局支部，书记陈沪郎，接受市工委的领导。这个时候，我们才知道，林克泽是中共海口市工委书记。

1936 年下半年，日本帝国主义酝酿着对我国发动一个新的大规模的侵略行动。为了迅速地促成国共第二次合作，推动全国抗战局面的早日实现，党中央根据前一段两党接触情况，决定采取更为积极的步骤来推动谈判的进行。8 月上旬，中央政治局会议确定了同国民党蒋介石继续谈判的方针。8 月 25 日，我党发表致国民党书，其中除揭露了国民党的内战卖国政策外，再次呼吁国民党"立即停止内战，组织全国的抗日统一战线，发动神圣的民族自卫战争，抵御日本帝国主义的进攻"。并提出我党准备在任何地方与任何时候派出自己的全权代表，同国民党的代表一道，"开始具体实际的谈判，以期迅速订立抗日救国的具体协定，并愿坚决地遵守这个协定"。琼崖特委根据《八一宣言》和我党致国民党书的精神，向国民党琼崖当局提出停止内战，停止进攻红军，实现全琼团结抗日的主张。同时，特委先后出版了《党团生活》《布尔什维克》《救亡旬刊》等刊物，公开宣传我党的政治主张，给人民群众指明斗争的方向。党的宣传鼓动产生了影响，海南抗日的沉寂气氛开始改变了，府海地区的琼崖中学、省立第六师范、琼海中学等学校革命师生，深入各市、县进行抗日救亡宣传，提出"有钱出钱，有力出力，全国人民行动起来，开展救亡运动"的口号。

1937 年，战事日趋紧张，日军大举进攻，广州和海口的局势动荡不安。中共琼崖特委恢复了同党中央南方工作委员会的联系，在南委的领导下，中共琼崖特委为抗日民族统一战线在海南的实现，为团结全岛人民抗击日本帝国主义的侵略，展开了新的斗争。在农村，中共琼崖特委积极依靠各级组织发动民众参加抗日斗争；在城市，积极开展城市的抗日救亡宣传工作，宣传我党的抗日主张。我们电报局党支部在中共海口市工作委员会的领导下，投入了抗日救亡运动，担负着发动群众支持抗日，搞好抗日民族统一战线的工作。从此，我们过党的组织生活，常在一块儿阅读党内秘密文件，讨论时事，研究工作，开展抗日救亡斗争活动。

当时，为了扩大抗日救亡工作的范围，尽快发动各阶层爱国人士参加抗日救亡活动，经市工委批准，决定发展扩大我们党支部的力量，以便更有效地开展抗日统一战线的工作。1937 年 5 月，我们通过对海口盐务局的朱旦接触、了解和考察，报市工委批准，吸收朱旦为中共党员；同年 6 月，陈沪郎的朋友、共产党员黄佳，原在北海市从事党的地下工作，因受敌人追捕来到海口，并同海口党组织取得联系，经工委决定，编入我们党支部，被力伯皖局长聘为电报局厨师。他白天烧水做饭，晚上同我们一起从事救亡工作。但他只住了两个多月，于 1937 年 9 月离琼赴港去了。

1937 年上半年，中共琼崖特委为深入开展抗日救亡运动，扩大宣传我党的抗日主张，派海口工委委员蒙国恩在海口创办《救亡呼声》杂志，主编蒙国恩，编委陈沪郎、力伯皖、施征军、朱旦。力伯皖以"铁军"的署名在该刊撰文《我们为什么要持久抗战》，发表木刻画：一位农民高举拳头喊"一定要抗战！"揭露日本帝国主义侵华暴行，号召人民团结起来，抗战到底；陈沪郎、朱旦也曾为《救亡呼声》写过文章。编委通过工作，争取了海口印刷厂的老板，由他承印《救亡呼声》。该刊封面采用石板印刷，内文用铅字印刷。并打通了国民党政府的新闻检查官，放松对该刊文章内容的审查。但因经费不足，印量有限，每期仅印几百份，主要分发我党各级机关，少量出售。后来因稿件来源困难和经费缺乏，仅出版两期便停刊了。

1937年下半年，日军大规模地向我国进攻，广州、海口危急。但是，琼崖国民党当局不是积极抗日，抵御外侮，而是"剿共"镇压革命，进行罪恶的内战。他们把琼崖特委和特委领导下的琼崖红军视为眼中钉，欲除之而后快。但是，琼崖特委自琼崖党的五大以后，党的组织和红军队伍得到了进一步的发展和扩大，为琼崖掀起抗日救亡运动，进行抗日战争，从组织上做了充分的准备。

当时，府海地区驻有琼崖国民党当局的党、政、军首脑机关，并以重兵防守，反动统治十分严酷。中共海口市工委只能秘密地进行抗日救亡的宣传活动，利用合法的地位和正当的方式扩大宣传我党抗日主张及其影响。海口电报局，是琼崖和国内外联络的电讯部门，在琼崖具有一定的地位和影响。凭着我们的身份，对于在琼崖国民党上、中层人物中间开展统战工作是有利的。同时，我们掌握的海口电报局，也是开展革命活动的好阵地。通过这个阵地，可以测探到琼崖国民党中、上层人物的动态，可以利用我们的合法地位同他们联络，也能同基层群众接触、相处。这样的有利条件，给我们开展抗日救亡运动的工作带来了很大的方便。因此，市工委指示我们，要小心谨慎，见机行事，做好工作，保护和利用这块阵地，为海口市的抗日救亡工作做出贡献。

力伯皖局长为了保持国民党官长的"尊严"，不露出马脚，不让反动派看出破绽，平时较少参加群众性活动，较少接触下层群众。他的主要任务是接触琼崖国民党当局的上层官员，从中了解敌特内情，掌握敌人的动态，以便及时制定出统战工作的具体措施。有一次，国民党政府要员程天放来海口，琼崖国民党当局邀请力伯皖参加欢迎活动。在活动中，他认识了不少国民党头面人物，获悉不少敌特的动态情报，并及时向上级党组织汇报。陈沪郎、杨文秀以电报局职员的身份，以业务关系为由，经常出入于琼崖专员公署、海关、军用电台部门、邮政局、盐务局、银行等琼崖国民党政府的上、中层机关和学校以及各种检查机关，扩大同中、上层官员、职员和知识分子的交往，从中加深同爱国进步青年的联系，寻找有利时机，选用适当的方式方法，扩大宣传我党的抗日救亡主张，加深其在琼崖国民党政府中、上层人物中的影响。同时，注意发现爱国进步人士，发展党的组织，扩大党的队伍和影响。

七七卢沟桥事变当天早晨，海口电报局和琼崖国民党党、政、军机关收到关于卢沟桥事变的通报电报，我们党支部商量后即以海报向市民宣传：7月7日凌晨，日本侵略军在卢沟桥发动进攻，中国驻军第二十九路军宋哲元部广大官兵，在中国人民抗日怒潮的推动下，被迫奋起自卫，抗日战争爆发了。……这消息一传出，整个海口市轰动了起来，市民们纷纷集会，高呼"工农商学兵，一齐来救亡"等口号，声讨日本帝国主义侵略罪行。从此，海口各界掀起了抗日救亡的热潮。

七七事变后，特别是八一三上海抗战以后，全国形势发展很快，大大地有利于抗日民族统一战线的发展。为了进一步宣传发动群众，发起声势浩大的抗日救亡运动，我们组织了读书会、时事讨论会，广交朋友，扩大影响，并利用各种关系在海口市福音堂组织歌咏队，教唱抗日歌曲。党支部还决定由杨文秀组织海口电报局周围附近的儿童，成立歌咏队，教唱抗日歌曲，呼喊抗日救亡口号，操练简单的军事动作，并组织儿童歌咏队向附近村庄的群众宣传我党的抗日救亡主张。

同时，府海地区各书店也开始出售《生活》《永生》《新生》《译文》《世界知识》和斯诺的《西行漫记》等进步杂志和书籍，还有多种介绍中国共产党和毛泽东事迹的小册子，广东所出版的各种进步书刊，海口市各书店都有出售，极大地鼓舞了人民群众抗日的斗志，大大有利于我们敌后抗日救亡运动的开展。

当时，海口大街有一间日本人胜间田开办的洋行。过去，电报局的电报检查员不敢检查洋人的电报，全面抗战开始后，检查员抗日救国的思想觉悟有所提高，对胜间田的电报检查也较严格了，常常将其扣留一两天后才拍发。我们估计日商可能利用拍发商业密码电报来搞军事情报活动，因而，我们支持检查员这样做，从时间上控制拖延，降低情报的使用价值。

海南岛孤悬海外，琼崖特委远离党中央，必须同党中央保持联系，才能正确地领导琼崖人民和军队坚持开展抗日战争。而同党中央保持联系必须具备无线电通信设备，我们打算为此做点贡献。按我们的业务范围，决定从无线电通信设备、器材方面支持琼崖特委和红军。就以力伯皖局长的名义，向国民党政府交通部报告：因敌机轰炸破坏，为保证正常的业务活动，需配有备用电台，请予调拨。不久，果然运来一部全套新电台，我们将它藏于隐蔽的地方等待时机移交琼崖特委，但因国民党检查严密和我们过早离开海口，这部电台没有运送出去。

1938 年 1 月 27 日，力伯皖经党组织批准，离琼北上延安。同年 3 月，杨文秀、陈沪郎经党组织批准，一起离开海口赴延安。不久，朱旦也到琼崖革命根据地去了。至此，海日电报局党支部活动停止。

恢复发展昌感地区党的组织[*]

史 丹

土地革命战争时期，昌感地区（辖区包括原昌江、感恩两县以及现东方市部分）在琼岛各地革命运动的推动下，农民运动蓬勃兴起，学生运动日益高涨，斗争向着有利于人民的方向发展。

昌感一带远离琼崖革命中心府海地区，贪官污吏、土豪劣绅横行乡里，革命运动来得比较迟。第一次国共合作后，国民革命军过琼，对盘踞海南的邓本殷军阀进行讨伐，邓匪闻风逃往越南。当时我的同乡、共产党员刘开汉在广州中山大学读书，符倬云在广州教忠师范读书，经他二人介绍我参加了国民革命军，在第十师（师长陈铭枢）政治部当宣传员。我随军南征，由江门出发，直抵北海，后第十师奉命回师北伐，我被分配在北海负责纠察队，任务是配合省港罢

＊ 本文原标题为《在昌感地区恢复发展党的组织》，收录时做了适当修改。

工，维持治安。任务结束后，我回到家乡昌江县，亲眼看到了昌感一带的国民党贪官污吏、土豪劣绅到处为非作歹，劳苦大众饱受敲诈勒索。但是农民运动却还没有很好地开展起来，对比外地的革命斗争形势，真是天壤之别。经过反复思考，我决定留在家乡参与发动农民闹革命。

1932年秋，广东军阀陈汉光率领国民党3000多人来琼"围剿"红军后，昌江县的革命斗争暂时转入低潮。这期间，我虽转到浙江大学读书，后来又回到东江的大浦县、南路的遂溪县和香港等地教学，但每年都利用暑、寒假回到昌江县，配合进步青年向国民党反动派和地方贪官污吏进行斗争。

当白色恐怖笼罩琼崖大地时，马白山与我在广州相遇。他提出想回琼崖的打算，我便写信推荐给昌江县立第二小学校长戴恩民，经他同意，接收马白山到该校任教。马白山到昌江以后以教学为掩护，然后设法和当地党组织取得联系。当时，国民党陈汉光的一个团在昌感一带血腥屠杀，不少群众和商人被当作共产党和红军家属而惨遭杀害。墩头的大恶霸林显材也互相呼应，成立什么"保安社"，公开在海面上抢劫来往墩头港的商船和渔船。四更村的倪保三、翁尉保等土豪也相继组织反动团社，在农村横行霸道，煽动村与村之间的宗族械斗，打死打伤不少群众，真是民不聊生，怨声载道。马白山利用学校这块阵地，揭露国民党反动派及地方土豪劣绅的罪恶行径；并用教员的合法身份组织童子军，开展军事训练，通过公开活动，扩大学校在社会上的影响。同时在宣传教育活动中物色了一批倾向进步的青年骨干，组织他们同反动派进行不屈不挠的斗争。

处在水深火热之中的昌感县人民盼望着共产党，党组织也时刻关怀着昌感人民。1933年底，中共琼崖特委派冯安全、符明经、王业熹、李汉等同志到琼崖西南去，一方面开展地下工作，恢复发展党组织；一方面设法联系潜伏在琼西南的张开泰、林诗耀等同志，但只找到了林克泽。当时，王业熹同志以经营木屐职业为掩护，在昌感县城一带活动。冯安全同志住在昌江县新街圩张光祥同志的缝纫店里，以缝纫工为掩护，秘密发展党组织。经过斗争的考验，于1934年在新街圩发展张光碧、杨涤海等一批人入党，成立了工人党支部，这是昌江县第一个党支部，冯安全同志任支部书记。当时冯安全虽见过马白山，但不知道他是共产党员，所以未能接上关系。不久，冯安全也离开昌江返回特委，到临高、儋县等地区去了。马白山同志虽一时同特委联系不上，但坚持积极开展地下工作。后来中共琼崖特委派杨启安来昌江县同马白山接上了关系，便决定在县立第二小学发展党组织，吸收了进步学生陈年平、吴以怀、吴家良等人入党，成立了中共昌江县立二小党支部。这是昌江县学校中的第一个党支部，也是昌江县第二个党支部。此后，马白山等同志进而深入农村广交朋友，经常到英显等地了解情况，结识了赵郑农等一批进步青年教师，准备在昌江县农村建立党组织。马白山同志还发起成立昌江县体育会,以公开合法的组织形式,通过体育活动,沟通新街圩和农村青年的革命友谊,使大家协调一致,共同对敌。

1934年,马白山同志的哥哥共产党员马秋江,在上海搞地下工作,不幸在英租界被捕。审理中因无证据,准备释放,但国民党当局提出要有一个单位证明才能保释。经昌江县立二小校长戴恩民的大力支持,由学校写证明给予担保,马秋江才最后获释,并也来到昌江二小任教。这样,党组织的力量得到了进一步的加强。这一年,在马白山和我的倡导下,组织进步青年在新海、墩头成立青年勉力社,有40多位青年参加,先由黄清霞当社长,后由陈岩接任。这个勉力社经常组织青年演革命现代戏,唱革命歌曲,吸引进步青年,扩大社会影响,通过文娱、体育活动,团结了一批进步青年,壮大了革命力量。

1935年下半年至1936年下半年,由于跟国民党反动派争夺学校阵地的需要,名义上由我担任县立第二小学校长,一切教学行政任务由马白山、马秋江负责,实际上也就是由党组织掌握这所学校。那时,我是香港华南中学的教员,先后两次将昌感的一批进步青年带到香港华南中学读书,培养革命骨干,鼓励他们阅读《大众哲学》《世界知识》《读书生活》《永生》等进步刊物,寻求革命真理。并购买留声机,听唱革命歌曲,使这批青年思想觉悟有很大提高。他们毕业回来后,都挺身而出,勇敢地投入了革命行列。1937

年，马白山同志和我发动进步青年捐献光洋 120 多元，在新街圩办起了时代书报社，由史中坚当负责人，马秋江为该社写了招牌。该社出售的《共产党宣言》《二万五千里长征》《如何组织与宣传群众》《大众哲学》《新生活》《永生》等进步书报销路甚广，很多知识青年都踊跃购买。根据海口市文书局反映，当时昌江县是全海南进步书刊销售最多的县，这对传播革命道理起了重要作用。

经过一系列的培养教育工作，农村知识青年中涌现出一批积极分子。1937 年 2 月，昌江县农村第一个党支部（也就是昌江县第三个党支部）宣告成立，赵建中、赵郑农、陶世民、赵承篆等进步青年被吸收入党。接着，我们继续以教学为掩护，经常深入农村做发展党组织的工作。四更、海尾等许多党支部，像雨后春笋在昌江大地上破土而出。感城、文值、不毛等地也相继建立党组织。1937 年夏，中共琼崖特委派陈克文同志到昌江县和感恩县，传达成立昌感县委的指示。他以卖鞋贩的身份出现在昌感一带的圩镇、农村和学校等地，秘密进行党的组织工作。鉴于全县已发展党员 30 多人，党支部在全县范围内已大部分建立起来，不久中共昌感临时县委在英显村成立，由陈克文、马白山、赵建中等为县领导人。昌感临时县委根据我的一贯表现，交代马白山同志报请中共琼崖特委批准，于 1937 年下半年将我吸收入党。1938 年，在新街圩附近的昌义（沟仔园）村周业广的家里召开会议，正式成立昌感县委，领导成员有陈克文、马白山、赵建中、王业熹等，由陈克文同志任县委书记，县委秘密所在地设在新街。下面 4 个区委，分别由王唯一、黄清霞、赵郑农、林扬春等任区委书记，每个区都有3~5个党支部。昌感县委成立后，这个地区的革命运动迈开了新的步伐，掀起了轰轰烈烈的抗日救亡运动的高潮。

1937 年上半年，我通过国民党陈策部下的骨干陈宗舜（后任国民党儋县县长）的关系，考进国民党中央第四军校特别班（党务班），学习 4 个月后，被派回充当国民党感恩县特派员兼县教育科长。当时，马白山同志经常派昌感县南区区委负责人王唯一等同志跟我联系。我以特派员的合法身份，配合我党的革命斗争，在昌江、感恩两县掀起夺取学校阵地领导权的热潮。经过艰苦的斗争，两个县的学校领导权都掌握在共产党员和进步青年的手中，他们以学校为阵地大力进行抗日救亡宣传，使进步青年更加热心于革命事业。陈岩同志担任昌江县立第一小学校长时，经常率领学生宣传队到全县各地去进行抗日救亡宣传。有一次从墩头一直宣传到儋县新州，他们演出《大义灭亲》《五卅惨案》等琼剧，演唱《义勇军进行曲》等革命歌曲，收到了很好的效果。当时国民党达官贵人和土豪劣绅，巧取豪夺、花天酒地，而贫苦人民衣不遮体、喝粥见影。我和南区区委同志们一起，发动群众与国民党感恩县的反动县长钱开新、省参议员霍广潭、地头蛇陈有庆、土豪苏秀谦等进行坚决的斗争，反对他们的压迫和剥削，要求减轻苛捐杂税。霍广潭等恼羞成怒，竟在从感城至北黎约 40 公里长的电线杆上，张贴"打倒史丹"的反动标语，但我毫不妥协，继续组织 20 多人的武装宣传队，到处表演《放下你的鞭子》等进步话剧，我亲自扮演剧中的重要角色。这支宣传队一直从感恩宣传到崖县等地，这对于唤起群众投入抗日救亡运动，起到了一定的推动作用。

1938 年暑假，马秋江和李定南同志为了工作需要，调到澄迈县去开展工作。当时特委先后派欧德修和林树兰同志去昌江县立第二小学校分别接任教务工作和训育主任职务，他们到学校后，同马白山同志一起，继续开展学运工作。

1938 年下半年，为了使广大党员和青年学生进一步提高政治觉悟和掌握一些马列主义知识，培养更多的革命人才，以迎接抗日战争的到来，昌感县委秘密指示我们筹办琼西中学，作为培育人才的基地。但当时要办中学必须经国民党当局批准、备案，为了争取批准，我们就想出了这样一个办法：当时琼海中学（现海南中学前身）在琼崖很有名望，如果取得他们支持势在必成，于是昌感县委便派我到琼海中学找其校长钟衍林，要求以琼海中学名义准予在琼西开设一个分校。钟同意了我们的要求，学校命名为"琼海中学琼西分校"，校址设在昌江县新街圩东郊，这就为培养革命骨干增添了一座熔炉。当时，办学经费困难，我们就发动热心于教育事业的进步人士和进步青年捐献。没有校舍，我们就动员师生到野外割茅草自己盖，没有黑板、桌椅，我们就自己上山伐木自己制造……就这样靠自力更生，白手起家把学校建立起来了。学校为了培养更多的革命骨干，学生的来源虽采取报考的方法，但是为了革命的需要，年龄、性别不受限制。凡思想进步，有志求学者，不论是高小还是初小程度，均可报考。名义上是考试录取，实际上是根据革命需要录取，凡是工农子弟和思想进步的青年都优先录取。这一期总共招收来自昌江、感恩和儋县、崖县地下党保送来的学生140多人，于1938年9月份正式开课。为了加强党对学校的领导，学校建立了秘密党支部，昌感县委派马白山等同志亲自授课。学校公开的课程是按国民党教育部门规定的内容安排，实际上教的是学校自编油印的革命教材。政治课是以马列等著作为主要教材；语文课主要学习鲁迅、郭沫若的文学作品；文娱课主要教唱《义勇军进行曲》《大路歌》《毕业歌》等革命歌曲；体育课主要搞军事训练，练习射击、伏击战等，由马白山同志负责教练。学生们在这里不仅懂得了为什么要革命的道理，还学到了不少的军事知识，被誉为一所抗大式的中学。不久琼崖国共两党谈判达成协议，出现了合作抗日的新形势。随着日寇侵占琼崖，琼西中学和二小学校的百分之九十以上的革命师生，积极响应党的号召，投笔从戎，奔赴前线，参加了抗日战争。

铁窗中的怒吼

符哥洛

1936 年 5 月，党组织派我到国民党军队里搞兵运工作。在澄迈县争取县警卫小队时不幸被捕，先被押在国民党琼崖绥靖公署拘留所，后又被转解到琼山县府城监狱。早在 1934 年，狱里已秘密建立了一个党支部，由中共海口市郊区党组织领导。1937 年秋，原党支部书记周春雷同志出狱后，便由张开泰同志任书记，我和林诗润同志为支委，狱中的党员有 20 余人，规定单线联系，党小组只能同指定的支委接头，支部的决定分别由小组长逐个传达。当时海口市工委经常派人以犯人亲属探狱的形式与我们保持联系，多数由我出面接头。由于组织十分严密，我们的活动到 1938 年出狱时都没有被发现。

狱中吃得极差，按规定每天只吃两餐，每餐三两米饭。这本来就少得可怜，可是监狱官林振武竟然还要扣减囚粮，弄得每人每餐几乎连一两半都不到，很多难友饿得骨瘦如柴。加上牢房里又潮又暗，蚊蝇滋生，有了病也不给治疗，有的人就这样活活地被折磨致死。对此，狱里不管是政治犯还是普通犯人都强烈不满。为争取改变这种非人待遇，狱中支部决定向国民党县府陈书控诉，同时发动全体难友绝食抗议。

难友们热烈响应，18个牢房统一行动，绝食开始了。第一天，送来的"糨糊饭"一律未动。第二天，全监狱200来名"犯人"还是面壁而坐，对送来的饭不屑一顾，监丁们互相交头接耳，脸上露出了惊慌的神色。第三天，有些体弱的难友躺倒了，监丁们见势不妙，纷纷到各牢房劝吃饭，还说吃饭就开房放风，但难友们都不予理睬。第四天，监狱官林振武坐不住了，气急败坏地从这个牢房蹿到那个牢房，气呼呼地威胁说："谁不吃饭，罪加一等！谁阻止别人吃饭，一律严惩！"对于这一招，我们当然是无动于衷。可是普通犯人中却有人动摇了，5号牢里有个别人主张停止绝食，该牢的共产党员吴正桂、尤待英耐心进行说服，指出绝食不能前功尽弃，只要同心同德坚持下去，就一定能取得最后胜利。在他俩带动下，同房的十余名难友终于坚持下来了。第五天，国民党琼山县县长云振中来视察，他怕事情闹大了不好收场，被迫答应了我们提出来的条件：撤换监狱官林振武，保证今后按规定供给囚粮。

1937年9月的一天，监狱里新进来一个特殊犯人，关在16号房。别看这家伙在狱官面前低声下气，但在我们难友

142

面前却又另一副面孔：他背着手，仰着脸，显出不屑与我们为伍的派头。我好生奇怪，后来才知道他原来是国民党的县长，因为狗咬狗落了狱。过了几天，张开泰在一次放风中把这位国民党县长认出来了，原来他就是臭名昭著的无耻叛徒王昭夷！早在 1927 年，王就投机革命，骗取了我陵水县农军副总指挥和陵水县苏维埃政府委员两块"红牌"，可是到了革命处于低潮的时候，他便勾结国民党崖县县长王鸣亚，在保亭县七弓岭地区屠杀我百余名红军干部战士，制造了震动全岛的七弓岭血案，并由此而当上了国民党陵水县县长。

张开泰同志在七弓岭血案时是红军连长，是血案中几个幸存者之一。这次狱中仇人相见，他恨不得扑上去撕了他！回牢房后，他提议一定要惩罚这个无耻叛徒，为死难的烈士报仇。我们三人商议了一番，觉得狱外正搞抗日民族统一战线，应该先请示一下上级再说。1937 年 10 月，特委书记冯白驹同志也被捕在狱中，支部便派我前去向他请示。冯白驹同志听了我的汇报后说："咳，犯人在狱中打架，这是常事，怎么会影响抗日民族统一战线呢？"听他这么一说，我会意地笑了。回来后，我们支委当即秘密开会，决定这次惩办叛徒的行动由党员吴正桂负责执行。

一天，放风的时刻到了。王昭夷还是独自一人神气地走来走去，吴正桂带着几个人悄悄跟上去，用麻袋从王的头上套下，紧接着把他推倒，几个人一齐围上去，劈头盖脸的就是一顿狠打。王昭夷像挨杀的猪一样乱喊乱号，一个劲地在地上滚来滚去，到后来便不见动弹了。吴正桂一看，忙向伙伴使了个眼色，大家都住手走开了。王昭夷挣扎起来，看不见人，又不知哪个人打他，只好悄悄走回牢房。他脸上青一块紫一块，明知其中内情，却不敢向狱官说，害怕说了再挨打。

1937 年七七事变之后，全国抗日救亡运动蓬勃发展，出现了国共合作，红军改编为八路军、新四军的新局面，国民党当局还陆续释放了一批政治犯。可是，琼崖地方当局非但不释放政治犯，反而继续疯狂捕杀共产党人。共产党员陈开梅就是此时在狱中被枪杀的，这使我们感到震惊。面对严酷的现实，有的同志大失所望，一时思想陷于混乱。为了正确认识形势，更好地坚持狱中斗争，支部再次要我向冯白驹同志请示。

老冯入狱后镇定自若，他对我说："全国许多地方的政治犯都释放了，但国民党琼崖当局反共反人民的本性还相当顽固。琼崖要实现两党合作，停止内战，还需要时间，我们还需要继续进行顽强斗争。"我说："前些时候，他们不是讲要同我们和谈，团结抗日吗？""那是放烟幕。一边喊和谈，一边捕人杀人，还能有多少诚意？"冯白驹同志的这一分析，使我们更加清醒。

又过了一个月左右，冯白驹同志还未获释。我们的心七上八下，十分担忧他的安危。一天，党支部又要我去向白驹同志了解一下近况。艰苦的铁窗生活，使冯白驹同志显得更消瘦了。当我问及他同琼崖国民党当局谈判的情况时，他气愤地说："谈什么？不外是要我让琼崖工农红军出来接受改编。关我在这里，怎能谈？我不谈！"他又说全国国共合作，团结抗日，形势正在向好的方面发展，嘱咐我转告大家要好好坚持斗争。

过了几天，海口市工委派杨启安同志来狱，还是由我接头。杨启安同志告诉我，国民党琼山县党部书记长陈炜章、文昌县党部书记长张泰信等主张以"土匪头"的罪名枪毙冯白驹同志，但国民党第六十二军军长兼琼崖守备司令张达和一五二师师长陈章等都不敢冒这个风险，认为杀了琼崖共产党和红军游击队的首领会造成麻烦。杨启安同志又说："总的看来，危险是存在的。但估计目前他们还不敢贸然动手，特委在外面正设法从多方面活动营救。"对于国民党琼崖当局的倒行逆施，我们极为愤慨，连国民党的中下层官兵也非常不满。当时，吴克之同志是国民党琼山县县兵连的小队长，负责监管看护监狱。为使冯白驹同志免遭毒手，特委决定由监狱秘密党支部去争取琼山县县兵连的同情和支持，以便在危急的情况下保证冯白驹的安全。

我同吴克之是在国民政府广东燕塘军校时的同学。他在军校时，曾参与我们组织的一些爱国活动，思想倾向进步，对我党我军态度是友好的。经过做工作，吴克之同志欣然表示接受党赋予的艰巨任务。他同我们秘密商量，如果国民党当局不顾民族利益，要杀害冯白驹同志的话，他将带他的小队起义，里应外合营救白驹同志脱险，并带领狱中的政治犯一齐越狱。他还同我们秘密研究制定了营救越狱的具体方案。

12月的一天中午，冯白驹同志走到我们6号牢房门前来了，他看到我们后说："经上级领导同志交涉，现在我要出狱了，特来向你们告别。"这实在太好了！我和张开泰兴奋地交换了一下眼色，老冯同志又接着说："看来形势向好的方面发展，当局如果不释放你们，我出去后就向当局交涉，你们不久也会获释的。"张开泰朝周围看了看，低声说："那样倒好，不过，吃得下就吃，吃不下肠要断啊。"我心里明白他这话的意思，因为我们几个人入狱后，从未暴露共产党员的身份。如果没有多大把握就过早交涉，让国民党当局知道了反而会被加上"土匪"罪名杀害。

冯白驹同志向我们挥挥手走了。目送着冯白驹同志向监狱大门走去，我们心头的一块石头这才算是落了地。

1938年夏，从狱外传来全国人民捐款捐物支援东北抗日部队的消息，狱中党支部经过讨论，也提出"勒紧裤带，捐款救国"的口号，发动全狱难友节省出一个星期的囚粮款，连同捐款一共50多元汇往东北前线。同时，32名政治犯联名向琼崖当局要求上前线杀敌抗日，我们提出的口号是："宁到前线战死，不愿当亡国奴耻生。"消息传开，立刻得到社会舆论的支持，琼崖的《民国日报》《救亡呼声》等报刊都纷纷发表文章声援。在强大的社会舆论压力下，琼崖当局被迫表面上接受了我们的请求，但又借口我们没有军事知识，应先接受一段时间军训才到前线去。于是我们在狱中接受了个把月的所谓军训，但军训结束，他们又借口要待命，结果不了了之。同年初冬，琼崖局势吃紧，特委多次派人交涉，强烈要求释放政治犯，但琼崖当局却推来推去，最后竟然提出要等红军出来改编，才释放政治犯。

不久，日本飞机大举轰炸海口、府城，琼山监狱也被炸崩了一角。反动派怕我们乘轰炸时逃跑，便将我们32名政治犯转移到定安县监狱。我们沿途演说，揭露反动当局，并不断高呼口号："我们要上前线杀敌！""我们要出去打日本！"沿途群众看到一群戴着镣铐的"囚犯"要求上前线抗日，纷纷围拢过来："局势这么紧张，还不释放他们，他们要打日本也不让人家去？"

我们在定安县监狱一蹲又是两个多月。经过又一番不屈不挠的斗争，直到1939年2月，海南抗战爆发了，国民党当局才释放了我们。一出牢狱，我们便投向特委的怀抱，踏上了抗日的征途。

琼东监狱中的斗争[*]

陈武英

　　1932 年 7 月底，广东军阀陈济棠派陈汉光率部来海南岛镇压革命。在敌人重兵"围剿"下，我琼崖红军主力、地方武装和革命根据地损失惨重，有不少革命同志和红军战士被敌人逮捕，作为政治犯，投入海口、府城监狱。我是琼东县桥头村人，当年才 17 岁，在琼东第二区共青团组织负责宣传工作，在本乡秘密开展革命工作时被伪乡长发觉，把我抓去判了 10 年徒刑，也被押回琼东监狱囚禁。

　　琼东监狱建在国民党县政府大院的旁边，四周是石砌的高墙，围墙上除了粘着犬牙交错的玻璃碎片外，还拉着铁丝网。墙内有两排低矮的平顶监房，总共有 8 个房间，一个关女犯人，其他的关男犯人。每个房间只有 10 平方米左右，后边有一个小铁窗，前边有一个小铁门，这么窄的地方竟关

---

　　* 本文原标题为《困龙犹斗——忆琼东监狱中的斗争》，收录时做了适当修改。

着一二十个犯人，房内阴暗潮湿，终日见不到阳光，跳蚤、蚊子、红头苍蝇很多，犯人拉屎拉尿都在里面，臭气难闻，个个手脚长满疥疮，得了病又不给治，监狱里经常死人，犯人们整天叫苦不迭。

我被关进琼东监狱时，狱中还未建立起党组织。囚禁在琼东监狱的人，虽然多数是共产党员和共青团员，但处在监狱这样的特殊环境中，谁都不能暴露自己的身份，所以狱中党支部迟迟未建立起来。由于没有党支部的领导，开初一段狱中斗争没有开展起来。

在这里，我们经常受到来自狱卒或监狱官员的欺负虐待，积怨与日俱增。有一次，一个人称"地头蛇"名叫何铭燕的伪保长，因国民党内部狗咬狗的斗争被上司抓进监狱，这家伙平日横行霸道鱼肉百姓，还带兵抓我们的人，进狱后自以为身份与众不同，仍然趾高气扬傲气十足。大家本来心中就积着怨气，再看见他那副猴相就更气火了，总想找个机会整治他一下。符气元是条硬汉子，有一天他便故意挑起事端，把何铭燕狠狠地揍了一顿，出了一口恶气。可是事后何铭燕勾结伪兵进行报复，把符气元捆绑吊打了两天，打得遍体鳞伤落下残疾。这件事使人们深深地感到，要在敌人严密控制的监狱里开展斗争，靠一个人斗是不行的，必须有党的领导，把大家团结起来，与敌人开展合法的斗争，硬拼是要吃亏的。

为了开展狱中斗争，中共琼东县委时刻关心着狱中党支部的建立工作。1935 年上半年，各地党组织在逐步得到重建之后，县委便立即着手帮助建立起狱中党支部。有一次，地下党员王大明在烟塘圩附近散发革命传单，被敌人发觉逮捕。跟他有联系的一些同志也先后被捕，其中有一个是古楼小学教师陈焕香，是共产党员，过去琼东县委的同志经常住在他的家里，他母亲受影响也成为党开展工作的一个好助手。陈焕香被捕后，县委就利用他母亲探监的机会，通过陈焕香秘密向狱中党员传达县委关于建立狱中党支部的指示，终于把狱中党支部建立了起来，支部书记就是陈焕香。县委还指定地下党员、县政警队士兵林树标担任联络工作。为了保密，狱中党支部不公开活动，党支部联系的党员也是很严格的，一定要是革命立场坚定、经得起狱中残酷斗争考验的党员，党支部才同他们发生联系，支部和党员之间是采取单线接头的办法进行联系的。虽然那时大家在铁窗里的生活很艰苦，但每个党员都按时缴纳党费，每人每月交两个铜板。自从有了党支部，有了事情大家可以通过联系商量着办，这就为开展狱中斗争提供了组织保证。

支部书记陈焕香是个老党员，有丰富的斗争经验。他个子矮小，面黄肌瘦，身体有病，敌人平时不大注意他。可就是这其貌不扬的老同志，领导我们与敌人进行了一次又一次的斗争。为了提高大家开展狱中斗争的信心和决心，有一次陈焕香和我们讲起了琼东监狱过去发生的一起越狱斗争的故事：1929 年，我们有个地下党员在国民党的县政警队任小队长，他的名字叫冯振益，那时也有 100 多名犯人关在这里，其中有 50 多人是我们的同志。中共琼东县委为救这些同志出狱，利用冯振益作为内应，派县委驳壳枪班夜间去偷袭。有一天晚上，冯振益带班值勤，他暗中打开监狱后门，并把士兵集合起来训话。这时县委驳壳枪班的同志就悄悄潜伏到监狱后门外，当冯振益向士兵训话时，驳壳枪班从后门突然冲进去缴了他们的枪，冯振益连忙打开监狱大门救出被囚禁的全体同志，然后把监狱的士兵押进牢房中反锁起来。就这样，冯振益亲自带路，把这些救出的同志带回了县委驻地彬村山。此事把敌人气得七窍生烟，曾下令到处缉拿冯振益。后来，在革命低潮时期，冯振益到陵水县以做生意为掩护坚持斗争，不幸被敌人发现抓回琼东杀害了。

在党支部的领导下，我们团结绝大多数难友向敌人开展了一次又一次的斗争。党支部还根据各人在斗争中的表现，秘密吸收了一些人加入党组织，我就是在开展狱中斗争中于 1936 年秋由陈焕香、郭远东同志介绍被吸收入党的。

当时，在狱中犯人反映最大的是吃不饱饭的问题，监狱规定每个犯人每天发伙食费 28 个铜板，这本来就够少的了，而经监管人员层层克扣，到犯人手里却只剩下了十多个铜板，这怎么让人活得下去呢！党支部就首先抓住这一最敏感的问题开展斗争。陈焕香叫我以全体难友的名义，写一封信给国民党琼崖绥靖公署，揭发监管人员克扣囚粮使犯人吃不饱的情况，要求政府把28个铜板直接发给犯人，由我们自己办伙食。绥靖公署接信后派一个官员到监狱调查，发现确有其事，只好同意我们的要求，按规定把囚粮款如数发给我们，并在围墙内另起一间简易厨房供我们煮饭，还叫两名老年妇女帮我们买米买菜。我们每天可以放风出来煮饭、洗澡，大小便改去房外，这样吃饭、卫生问题就比过去好多了。同时，客观上也给我们党员互相联系创造了有利条件，有什么事需要商量就方便了。这次初步斗争的胜利使大家增强了信心。后来，监管人员查出告他们的那封信是我写的，把我抓去打了一顿。我虽然受了点皮肉之苦，但想到大家都能吃饱饭了，自己受这点苦又算得了什么呢？

首次斗争虽然使大家的生活有所改善，但每天放出的时间毕竟有限，而且只是少数人出去煮饭，多数人多数时间还是被关在那阴暗潮湿的房子里，由于见不到阳光，空气又不好，生病的人还是很多。党支部又和党员商议要用合法斗争，争取白天多到房外活动。结果想了个办法，即要求在监狱内开办一个手工场，编织些藤器竹器销售。党支部派我去找监狱管理员李德光谈，李德光是伪县长李藻兴的同宗兄弟，他们看到开办手工场有油水可捞，很快同意了我们的要求。由于在监狱围墙内没有场地，他们便在监狱旁边的一块空地上扩建一道新围墙，在里面搭起了工棚，每天吃过早饭，我们便到手工场做工，晚上才回监房睡觉。我们还在工棚前面整了块小平地做排球场，吃过晚饭还可以打打排球。由于参加了劳动和打球锻炼，难友们的体质逐渐增强，有病的同志也逐渐恢复了健康。党支部组织的这一合法斗争的胜利，把大多数同志从铁窗里的死亡线上抢救了过来，为将来的革命斗争保存了一批骨干力量。

由于狱中斗争在党支部的正确领导下取得了一次又一次的胜利，同志们都盼望着有朝一日能活着出狱，投身到火热的革命斗争中去。大家心里时时刻刻都想念着党和红军，为此对监狱这个小天地以外的广阔天地的情况很关心。全国革命形势发展得怎样了？国内外都发生了什么大事？琼崖党和红军眼下情况怎样？党支部又派我与监狱员交涉，要求订一些报纸杂志给大家阅读。监狱当局考虑到犯人闲时看看报，一方面可以扩大他们的反动宣传，另一方面也有利于他们管理，不然犯人无事时胡思乱想会给他们增添麻烦。于是，在我们多次交涉后便答应了我们的要求。他们当然不会允许我们看革命书报，只同意我们订了《大公报》《世界知识》等报纸杂志。不过我们看报自然也是反着看的，报上说哪里消灭了红军，我们便知道红军正在哪里跟敌人坚持着斗争，从中了解到一些外面的情况。

1937 年 7 月 7 日，日本帝国主义发动卢沟桥事变，这一消息激起了全监狱难友们的义愤。我们从报纸上看到我党团结抗战的主张后，为了响应党中央的号召，我们党支部决定给全省各地监狱写去公开信（快邮代电），要求国民党当局开展爱国运动，释放政治犯，团结一致抗日。与此同时，党支部还动员全体难友勒紧腰带，绝食两天，把节食的钱寄到前线去慰劳抗日将士。蒋介石在庐山表示愿意抗日的谈话公开发表后，党支部又叫我起草一封呈文直接寄给蒋介石，希望他以全民族的利益为重，立即废除一切束缚人民参与抗战的旧法令，开放党禁，释放政治犯，并表示我们强烈要求出狱奔赴最前线去杀敌报国，为保卫中华民族流最后一滴血。我们的呈文寄出去不久，就得到蒋介石的批复说："你们要求抗日其志可嘉，但救国大计政府自有主张。"批复冠冕堂皇，可就是对释放政治犯等实质性问题只字不提，实际是一纸空文。

更令人不能容忍的是国共两党合作抗日的宣言在报纸上发表之后，国民党琼崖当局不但不释放政治犯，还继续公开逮捕共产党人，大家对国民党反动派的倒行逆施无比气愤。党支部因势利导，又组织我们进行了一次针锋相对的斗争。当时，琼东县委宣传部部长陈求光同志，因公开宣传抗日，被县政警队逮捕送进我们所在的监狱，并准备以"匪首"罪名杀害他。党支部得知国民党要杀害陈求光同志的消息后，立即研究对策，委派与他同房的符世光同志在夜里帮助他松开脚镣，乘上厕所的机会，挖开厕所后墙让他逃走了。

1939 年 2 月 10 日，日本侵略军台湾混成旅团在海空军配合下，在琼山县大尾港登陆，迅速占领海口、文昌等地，琼东岌岌可危，国民党琼东县府不得不释放我们出狱。出狱后，我们这些共产党员都按狱中党支部预先布置的要求，积极投身到轰轰烈烈的抗日斗争中去了。

狱中抗恶不折腰[*]

苏觉醒

1932 年秋，国民党陈汉光部集中数千人的兵力疯狂进攻我琼崖苏区。我们琼崖红军独立师主力受挫，反"围剿"斗争遭到失败，琼东县地方党组织也遭到严重破坏。鉴于严峻复杂斗争形势的需要，县委书记黄魂指定许道中为区委书记，我为组织委员，负责琼东六区的工作。我们日伏夜行，在各乡村秘密活动，寻找潜伏下来的党员和失散的红军战士，并同反动派做斗争，使局面逐步有了好转。

1935 年，我当区委书记。那时，工作仍然很艰苦，敌人时常跟踪围袭我们。一次，我和宣传委员王子良、组织委员秀华以及县委派来指导工作的王振官同志隐蔽在白长岭村，有位同志不慎将便纸丢在围墙外面被敌人发觉，调一个连正规军和地方武装包围我们。敌人入屋搜查，王振官从睡

---

　　* 本文原标题为《除暴抗恶不折腰》，收录时做了适当修改。

房中冲出客厅，连放四枪毙敌三个，敌人遭到还击，用迫击炮轰击。我们的住房被炸坏了几处，秀华挨了两块弹片。炮火停后，几个敌人鬼头鬼脑闯进来，我们利用石磨掩护，撂倒他两个，其他的拔腿就跑。战斗从早上8点打到下午3点，我们的子弹差不多完了才决定突围，振官、子良、秀华从后门冲出，敌人拼命尾追，他们走到陡坡上被敌人枪弹击中英勇牺牲。我最后突围，刚从侧门走出去，就被一个敌人死死拖住不放，我顺手用枪顶着他的胸膛将其击毙，然后立即钻入一堆篓丛里躲起来。敌人追赶振官他们一阵后，又掉回头来搜索。我沉住气，把身体贴在地上一动不动，天黑了敌人离去，我才脱险。在县委的领导下，经过艰苦的工作，我们先后在六区恢复和重建了党的基层组织，发展了一批新党员。大部分党支部书记、小组长由妇女党员担任，工作初步打开了局面。

1938年春，县委指示我负责收藏全县所有枪支，完成这个任务后，县委派我和李振汉、黄辅祥往琼山参加特委举办的干训班。当我们走到文昌南阳乡岭仔园村党的地下交通站时，突然遭到100多名国民党官兵的包围袭击，我们三个人及文昌县来的符日煊同志不幸被捕。

对于国民党这一恶劣行径，我们立即提出严正抗议，斥问南阳乡国民党民团队长王月轩："当前正值国共两党合作，团结抗日，为什么还公开抓捕共产党人？"这家伙反动至极顽固透顶，竟胡说我们是"土匪"。

我们又问他："冯白驹同志是我们的特委书记，你们抓了他都放了，为什么还要抓我们？"王月轩理屈词穷，无以应答，只好返回县府商讨对策。

在南阳拘留所，我们说服了看守兵丁，搬来桌子，让我们站在上面向前来观看的群众宣传演说，揭露国民党反动派假抗日、真反共的阴谋。

过了两天，王月轩从县里回来，得知情况十分恼怒，厉声训斥兵丁"看守不严、同情共党"，随即把我们解送到文昌县监狱。特委对我们的被捕非常关心，派谢李森前往文昌交涉，但国民党当局执迷不悟，拒不释放。

在文昌县监狱两个月后，我们被押解到琼山县监狱，这里一共关押100多名政治犯和其他犯人，有的政治犯竟是国民党第一次"清党"时被关押的，陈明高同志坐了足足11年牢，弄得眼睛都瞎了还未获释放。当时张开泰、符哥洛等同志在狱中已建立了党支部，进狱当晚支部给我们送来一张字条、一双木屐和一条面巾，很快就恢复了我们的组织生活。支部组织活动很严密，强调单线联系。到这里不久，我害了一场大病，发了几天高烧昏迷不醒，要不是党支部送来药物治疗，可能早就丧命在狱中。

在第一号牢房关着5个女犯，除我和另外两人是政治犯外，其他两人为一般人犯，她们对我的被捕深表同情，她们的亲人探狱时送给的食物总要分给我吃，我趁此机会向她们宣传抗日救国的道理。出狱后，吴玉莲在独立队里当了护士长，吴兰花当了膳食员。

1938年冬，日本侵略军飞机轰炸海口、府城，琼山监狱也挨了炸。敌人担心我们越狱，急用汽车将我们32名政治犯押往定安。男同志坐在车厢里，我因是女的，得以"优待"，和监狱小队长坐在驾驶室里。汽车行经云龙坡，张开泰、符哥洛同志从车厢里传字条给我，令我叫司机停车，好让大家跳车逃走。我找了借口，对那个小队长说我有个哥哥住在附近，请求停车片刻向哥哥要些钱用。敌小队长很狡猾，非但不肯停车，反而吩咐司机加大油门，把车子开得更快了，这使我们的逃跑计划未能实现。

日本侵略者侵占海口后，定安随之告急，考虑到形势严峻，党支部决定组织越狱，交代我争取监狱姓薛的班长，要了两支铁棍交给符日煊转其他同志开脚镣。为了不让敌人察觉我们的行动，同志们撬松脚镣后仍套在脚上，装作若无其事的样子。就在我们准备越狱之际，党组织派人再次与国民党当局交涉，他们受形势所迫，才释放了我们。

铁窗生活折磨得我们个个骨瘦如柴，身体甚为虚弱，走起路来头重脚轻，几经辗转跋涉终于抵达琼山树德乡。回到了党的怀抱，我们随即投入了艰苦的抗日斗争。

琼崖国共谈判[*]

李黎明

1937 年 7 月底，一道紧急命令使我日夜兼程从乐万县赶往特委驻地琼山县演丰乡。

在一个农民家里，冯白驹、王白伦、黄魂等同志正在等着我。"黎明同志，特委决定派你去和国民党琼崖当局谈判。"冯白驹同志开门见山地说明了急调我回来的意图。与国民党谈判我略有所闻，前不久冯白驹同志赴香港听取党中央的指示回来后，主动给琼崖当局写了一封信，提出琼崖国共双方应以民族利益为重停止内战，并表示愿意在团结抗日的前提下将红军改编，建议双方为此派出代表进行谈判。数天后，国民党第一五二师师长陈章在琼崖《民国日报》上公开答复，同意谈判。我在乐万看到报纸感到很新鲜，也为琼崖将要出现的新局面颇受鼓舞，可是没想到这次作为我方

---

* 本文原标题为《忆琼崖国共谈判》，收录时做了适当修改。

谈判代表的竟会是我自己。虽说我也当了几年的县委书记，但一向都是明刀明枪地干，如今要坐在桌前与国民党谈判，这毕竟是"大姑娘坐花轿——头一回"啊！

我觉得自己心里没底，怕完不成任务，便说："老冯，我没有这方面的经验呀！"

"是呀，对谈判我们谁也没有经验。可这是新形势下我们必须掌握的一种斗争手段。去吧，特委已经决定了。"冯白驹同志望着我，眼神严肃而又亲切，刚毅中透着信任。

我忐忑不安的心情开始平静下来，心里对自己说："是啊，什么事不都是学的吗？坐着谈判难道比扛枪还要难？即便是难，也得闯！"想到这里，我大声说："好吧，我去！"可又觉得不行，"我不会讲国语呀……"

冯白驹同志见我发急的样子，笑着对我说："那不要紧，讲海南话也能谈，他们会有人翻译的。咱们来具体谈谈……"他拉我坐了下来，详细交代了谈判中必须坚持的立场、方针，以及我方的各项条件。

我心里逐渐充实起来，忽然想起一个问题，忙问："要是他们问起我们有多少武装，该怎样答呢？总不能把我们只有几十人的底告诉他们吧？"

"对，当然不能实说，你就说我们现在有几百人好了。"

第二天，我独自一人出发了，先到海口找到中共海口市工委书记林克泽同志，就有关具体事项又向他了解了一些情况，然后便来到府城国民党第一五二师驻地。"我是琼崖共产党谈判代表，来找你们陈章师长。"在师部门口，我粗声大气地表明自己的身份。

一个卫兵把我上下打量了一番，走过去了，一会儿他出来领我走到师政训处。政训处主任林序东出来接待我，他听我讲明来意后，不阴不阳地说："师长有事，他交代，由我负责谈判的事，这样吧，你先休息一下，咱们下午再谈。"看他那爱理不理的酸样，我真想扇他两耳光，但一想到自己肩负的使命便强忍住了，心里感到此行不会太顺利。

下午，双方举行了第一轮会谈。我首先阐明了琼崖特委坚决执行中共中央关于"停止内战，一致对外"这一方针的态度，表明我们积极要求参加抗日卫国的愿望。林序东歪着头看我，手里玩弄着钢笔，不时还装模作样地点点头。我瞥了他一眼，按照冯白驹同志交代的政策，一口气提出了我们关于改编琼崖红军的几个条件：第一，停止进攻红军，停止逮捕我党人员；第二，红军改编为抗日部队；第三，改编后，保持红军独立性，不与国民党军队混编；第四，红军改编后，有单独的防区，不同国民党军队混驻在一起；第五，红军改编后，当局要一视同仁，按时发饷、发粮、发被服及其他军需品；第六，给红军补足枪支弹药和各种装备；第七，红军是琼崖人民的子弟兵，誓在琼崖抗日卫国，当局不得以任何借口将红军调离琼崖。

林序东突然向我问道："你们究竟有多少人呀？是集中的还是分散的？"

我不假思索地回答："有三四百人。有时集中，有时分散。怎么，林主任对这个问题感兴趣?"

　　"哦……随便问问，随便问问。"林序东打着哈哈，不自然地掩饰过去。

　　我紧跟着问："那么，贵方对我们所提的条件有何想法?请林主任谈谈。"

　　林序东说："这个嘛……兄弟我得呈报上峰再说。你先得等一等。"就这样，我又等了整整一天，直到第三天上午才继续进行谈判。

　　林序东刚坐定就说："我把你们的条件向师长汇报了。陈师长说，你们的抗日愿望是好的，不过，要让冯白驹先把队伍带出来，让我们知道你们有多少人，情况如何，然后再谈改编。"狐狸尾巴终于露出来了。

　　我霍地站起来正色反驳道："哪有未谈判就要我们把队伍拉出来的道理! 这办不到! 看来，你们并没有把我们作为谈判的一方，随意把不合理的方案强加于人，我对你们的诚意表示怀疑!"

　　"不能这么说，不能这么说。"林序东狡猾地进行辩解，"你们不先出来，我们不知道你们的确实人数，难谈条件呀……"

　　我说："有多少人的问题，头一天我不是讲过了吗? 用这个问题把谈判撇在一边，这不过是你们的借口而已。请注意，我们是来谈判的，不是来投降乞求你们的!"

林序东翻翻白眼无言以对，只是一个劲儿地重复他开头所讲的那番废话。我寸步不让据理反驳，双方足足争论了一个上午，最后我见林序东还是蛮横地坚持他们的无理要求，便郑重声明："先谈妥条件，双方签订协议，有了安全保证，我们才出来接受改编。这一点是大前提，我们是绝不会让步的！"林序东默不作声。我又说："像目前这样，双方很难谈下去了。我得回去将谈判的情况向上级报告，你也等一等吧。"

当天下午，我赶往离府城有 20 多里的演丰乡。一路上，我热得直喘粗气，想起谈判的情景，身上就更觉得灼热难当。晚上，我向特委汇报了谈判的情况。特委于第二天上午开会研究了对策，决定让我再次去谈。于是，我又来到了府城，同林序东开始了第二轮谈判。

还是老地点，还是老对手，甚至连气氛也同原先一个样。谈判一开始，我便再次表明了琼崖特委的坚定态度：琼崖共产党对贯彻执行我党中央关于"停止内战，一致对外"的方针是坚定不移的，对建立抗日民族统一战线的态度是真诚的。只有先谈条件、签订协定后，红军才能接受改编。为了国家和民族的利益，我们愿意同当局继续谈判，随时等待着当局改变无理要求的通知。

林序东抬起眼皮，嘴角露出一丝冷笑，说："你们的观点还是不变哪！"

"对！这是前提。如果连这一点也得不到保证的话，那我们之间还有什么好谈的呢？目前谈判陷入僵局，就是因为当局一意孤行，坚持无理要求造成的！"我坚定地说。

林序东气急败坏地一拍桌子，说："你们知不知道？有人控告你们抢劫，扰乱社会治安。如果你们再迟迟不出来，对民众的控告，我们是不会置之不理的！"

看他这副流氓加强盗的嘴脸，我气坏了，也站了起来，说："这是造谣污蔑！我党我军向来秋毫无犯，谁人不知？哪个不晓？如果真是有抢劫，那是土匪干的，与我们毫无关系。希望当局不要张冠李戴，血口喷人！"

林序东"嘿嘿"地冷笑几声，威胁说："反正我们有言在先，以后再有人来控告，我们将不客气！"

"如果你们不顾国家、民族的利益，以各种借口向我们进攻，那我们将被迫自卫。发生内战的结果，你们要负完全责任！"我毫不示弱。谈判不欢而散。离开政训处时，我再次表明态度："我们等待当局改变态度，使谈判早日成功。"

就在谈判处于僵持阶段之时，一个惊人的消息传来。1937 年 10 月，特委书记冯白驹在琼山塔市乡被国民党当局逮捕，国民党琼崖当局妄图以此压迫我们让步。事出突然，事态严重，特委紧急通知我向当局交涉，要求释放冯白驹同志。于是，我第三次去和国民党打交道。

我来到了琼崖国民党专署，专署秘书主任郑润康接待我。我说："我们同第一五二师关于改编的谈判正在进行，你们却把琼崖共产党领导人抓起来，这是什么意思？你们必须马上释放冯白驹，使琼崖国共双方的谈判顺利进行！"

郑润康是个狡猾的家伙，他假惺惺地说："哦，这个事嘛，是下面搞的，冯白驹是下面的人抓了送上来的。他是个重要人物，张军长和专署都无权处置，我们已将情况呈报上级了，只有上级批准了才能释放。"我见多讲也无用，便提出去探望冯白驹。这一点他们倒是答应了。

冯白驹同志被押在琼山监狱里，单独住一间房。见面后，我告诉他，特委对他很关心，已专门派人去向省委汇报，请省委迅速上报党中央，通过党中央出面交涉，以便使他早日获释。同时，我将特委派我同专署交涉的过程，以及特委准备营救他的情况一一做了汇报。然后，我回到特委请示了下一步的打算，便返回乐万县委。

党中央获悉冯白驹被捕的消息后，十分关心。周恩来同志亲自向国民党最高当局提出抗议，并指示南委迅速向国民党广东当局提出交涉。叶剑英同志也亲自写信给国民党广东当局，要他们顾全大局，无条件释放冯白驹。琼崖各阶层人民对国民党的卑劣行径非常气愤，要求释放冯白驹、实现国共团结抗日的呼声响彻全琼。旅居海外的广大琼侨也纷纷写信、打电报或发表谈话，要求国民党当局以民族利益为重，立即释放冯白驹，恢复谈判。在党中央的直接交涉和社会舆论的巨大压力下，国民党琼崖当局被迫于 12 月无条件释放了冯白驹同志。此后，冯白驹同志便代表特委直接同国民党谈判。由于国民党方面毫无诚意，遂使谈判时断时续，拖了将近一年，仍没有什么进展。

1938 年下半年，广州形势吃紧，驻琼崖的国民党正规军全部调出岛外，由王毅升任琼崖守备司令，下辖仅两个保安团和一些地方部队。面对日军飞机、军舰的不断骚扰，出于形势所迫，以及在我党领导的抗日救亡运动的推动下，国民党琼崖当局终于被迫接受了我方提出的条件。10 月 22 日，琼崖国共双方达成了协议，琼崖红军改编为广东民众抗日自卫团第十四区独立队，在政治上、组织上保持独立自主，独立队为 1 个大队编制，由国民党方面按月发给军饷 8000 元。为了国家和民族的利益，我们也做了一些让步：独立队 1 个队副和 3 个中队副由国民党委派，但人选须经我们同意。

经过一年零四个月艰苦曲折的谈判斗争，琼崖革命进入了抗日战争的新阶段。

正气凛然斗顽敌

曾惠予

　　1937 年七七事变后，随着全国抗日形势迅猛发展，中共琼崖特委根据党中央抗日民族统一战线的方针和政策，主动给琼崖国民党当局写信，提出琼崖国共两党应以民族利益为重，"停止内战，团结抗日"，表示愿在团结抗日的前提下，将琼崖红军游击队进行改编，以效命于抗日保乡事业。遂建议国共双方派出代表进行谈判。

　　国民党琼崖当局为掩人耳目，表面同意我党派出代表进行谈判。然而，当我党于同年 8 月派出乐万县委书记李黎明同志为代表前往府城谈判时，他们却耍尽威胁、引诱、欺骗等卑鄙手段，破坏和谈，妄图威胁我方交出红军，进而一举吃掉我琼崖党组织和红军游击武装。

　　谈判斗争极为尖锐复杂。为了掌握谈判情况，及时指导谈判斗争，10 月 25 日，特委书记冯白驹特地从特委驻地的琼山演丰乡迁到塔市乡演村，我作为冯白驹的妻子，也跟随他到了演村。我们俩是当天夜里秘密来到这里的，进到演村后已是深夜，我们悄悄到老屋主张琼兰家，胡乱吃了点饭，就到一间小房里去休息。我们就在谷柜上睡下，他靠墙睡，我睡在外，因为劳累很快就进入了梦乡。第二天，天刚蒙蒙亮，我醒来后穿好衣服，正准备叫醒白驹时，突然两个持枪的国民党兵闯了进来，其中一个用枪指着白驹大叫"不许动！"另一个抢上一步抓走了我们的枪，白驹醒来时已经来不及应付敌人。想不到国民党反动派早已注意了我们的行踪，他们为了阻止冯白驹亲自指导谈判，同时想通过逮捕冯白驹迫使我方在谈判桌上让步，居然卑劣无耻地施出了暗害我们的毒计。

敌人用枪口顶着我们，搜走了党组织交给白驹保管的一些做活动经费用的金戒指，然后把我俩捆绑起来押往塔市乡公所。路上，白驹悄悄对我说："惠予，你不要怕，要坚强，要向冯惠秋同志（白驹前妻，已牺牲）学习。我们此去要准备死，但绝不能出卖党组织和革命同志。我们是共产党员，要死得有意义。懂了吗？"我默默地点了点头。那时，我虽然仅17岁，但我坚信他所说的一切都是对的，因为他早就告诉过我关于冯慧秋同志被捕就义的英勇事迹。死，我并不怕，我愿意为革命牺牲我的一切，我当时倒是为白驹的安危担忧。因为他是琼崖特委书记，肩负着带领琼崖人民去与敌人斗争的重任啊！

敌人押着我们走到一处僻静的地段时，那两个家伙在我们身后小声嘀咕了几句，就喝令我们停下。一个家伙拿出那包金戒指，一件一件地点给白驹看，问道："数量够不够？"白驹觉得数量不对，疑惑地看了看两个国民党兵，没有回答。他们做贼心虚，用枪指着白驹的脑门喝道："怎么？不够数吗？"我知道这两个家伙见金眼红，是什么事都干得出来的，忙用臂肘碰了碰白驹，他明白了我的意思，对那两个敌人说："你们拿去吧，我到乡公所不说就是了。"

约莫 12 点钟到了塔市圩，我们俩被乡丁押着走在街丘，人们指着我们议论纷纷。到了乡公所，敌人连忙把我们关到一个又黑又小的房子里，生怕我们把真相向群众说了出去。不久，乡长乘没人之机，悄悄将白驹传到小楼上他的办公室去，他也拿出那包金戒指点给白驹看，问是不是这么多件。白驹一看，戒指又少了，知道是乡长也做了手脚，便冷笑着点了点头。这乡长见白驹点了头，就煞有介事地摆起审问的架势问道："大胆奸夫，伤风败俗。你叫什么名字？家在何处？"白驹见这家伙贪了金子还要假审"奸夫"掩人耳目，顿时气上心来，理直气壮地大声说："住口！我不是什么奸夫，我是共产党！是冯白驹！别再演什么'捉奸夫'的闹剧啦！你们破坏国共合作抗日绝没有好下场！"其实，白驹一被捕，外界就轰动了。这家伙虽是明知故问，但亲耳听到冯白驹的名字仍然吓了一大跳，知道这位琼崖共产党的头面人物不好对付，忙停止审问，叫乡丁把白驹押回房子。当时，冯白驹的名字，不光是琼崖全岛人人知道，就是在东南亚一带各国的报纸上，也经常登冯白驹领导琼崖人民斗争的消息。

在塔市乡公所过了一夜，我们又被押上囚车驶往府城的琼山县政府。一下车，白驹便被戴上沉重的脚镣，随即被推进一间黑房子，我则和女犯人关在一起。过了大约半个月，伪县长传白驹到他的办公室去，办公室里坐着琼崖国民党军政头目王毅，还有几位白驹读书时的老师和校长。白驹一看就知道敌人准备劝降了，果然不出所料，伪县长开腔了："冯白驹，在座的都是你以前的师长，你应该好好听母校老师、校长的话，只要你把琼崖红军游击队交出来，不再当共产党了，我们马上安排你到县政府里当官，你和家人就可以享尽荣华富贵了。这不比你在山沟里东躲西藏强多了吗?"伪县长说完，看了看在座的老师、校长，以为他们都会附和他劝降白驹，可是校长、老师都深明大义，没有人开口说话，使他很扫兴。

白驹气愤万分，义正词严地怒斥琼崖国民党当局不顾民族利益，对共产党提出的团结合作、共同抗日的主张置之不理，企图吃掉琼崖共产党和红军的卑劣伎俩。双方争论很激烈，王毅气势汹汹地说："你非要交出武装不可! 不然，我就把你当作土匪头子，杀了你的头!"白驹毫无惧色大声地回敬他说："琼崖党领导的红军是要抗日的队伍，我们绝不交出! 如果王毅司令抗日的话，我们琼崖红军可以接受改编，可谁想吃掉琼崖红军，绝对办不到! 至于要杀我冯白驹，这点我相信你们是干得出来的，因为你们是什么卑鄙勾当都会干的。可是，我要明白地告诉你，就是杀了我冯白驹，琼崖红军也绝不会交出去！"争论激烈地进行了两三个钟头，王毅之流被白驹驳得理屈词穷，无言以对，只好又把白驹押回了牢房。

过了不久，不知为什么，敌人不但没有杀害白驹，反而给他去掉了脚镣，允许他在监狱里自由走动，还提前释放了我。后来才知道，原来在白驹被捕的第二天，特委就将情况报告了南委，并将白驹被捕的消息在报纸上公之于众，揭露琼崖国民党当局破坏国共谈判的罪行。党中央也知道了情况，周恩来同志亲自向国民党最高当局提出了抗议，叶剑英同志也亲自写信给国民党广东当局，要他们无条件释放冯白驹。工人、学生、民主人士、爱国商人和海外琼侨及港、澳琼胞，纷纷游行示威或写信、打电报、发表谈话，谴责琼崖国民党军政当局破坏国共团结、破坏抗战的行为，要求立即释放冯白驹，恢复谈判，共商抗日大计。

在党中央的关怀下，在各界舆论的强大压力下，国民党琼崖当局才不敢加害于冯白驹。直到 12 月底，蒋介石被迫下达命令后，他们才无条件地释放了冯白驹。

回到了娘家

符荣鼎

1938年4月，我从大陆回到海口，根据党组织指示，利用社会关系进入了国民党广东民众抗日自卫团第八干部教导队。教导队主任吕承文和我早就相识，开始他要我协助处理些公文报表。教导队开课之后，他又让我到一个中队去接受军事训练，以便增长一些军事知识。

当时，府海地区国民党的党政军机关内部都有共产党员渗透进去，在教导队参加受训的澄迈县人符致锐、昌江县人翁人强都是共产党员，连我一起共有5名党员，成立了一个党支部，由我担任支部书记。根据上级党组织的指示，我们在国民党内部利用合法身份，隐蔽进行活动，为推动琼崖国共两党谈判，实现合作抗日做些工作。

琼崖国共两党谈判，开始于1937年8月。由于国民党当局不肯放弃妄图吞并红军游击队的顽固立场，致使谈判历时数月，未曾取得任何进展。但是，随着民族危机日益加重，全国抗战浪潮风起云涌，在琼崖国民党内部也出现了赞成两党团结抗战的"文昌帮"（因这些人的籍贯属文昌县而得名），为首的就是国民党琼崖师管区副司令杨永仁、教导队主任吕承文以及进步人士许登文，我经过了解，这三个人当时倾向进步，这有利于我们做争取团结的工作。

许登文是"文昌帮"中的智囊人物，小时候我和他一起读过私塾念过小学，后来他随其父亲去马来西亚，上大学时又回到祖国，在燕京大学毕业后便留在广州教书。他和吕承文关系甚密，与杨永仁也有特殊的历史渊源，据说杨永仁进云南讲武堂学习后逐步升任要职，都与许登文父亲的协助有关。我从许多迹象中看出，许登文确是他们几个人中的核心，我想只要抓住他，便可以牵动全局，广泛施加影响。于是，我主动找到许登文，向他了解各方面的动向，并通过他的介绍结识了杨永仁以及国民党第六十二军参议吕承政等人。这样，"文昌帮"的几个头面人物，都成了我的朋友。

1938 年 10 月，广州沦陷，形势险峻，国民党成立了琼崖守备司令部，守备司令由国民党第六十二军军长张达兼任。不久，张达及其所部全都调离琼崖，这样谁来接替司令一职成了当时国民党琼崖当局内部钩心斗角的一个热点。教导队副官吕承森向我透露，原来琼崖守备司令一职内定由琼山县县长云振中调任，云振中也自以为很有把握，刻好印章，准备委任状一到立即走马上任。但不料公开发表委任令时，守备司令一职却由原琼崖保安副司令王毅升任。云振中懊丧之余，只好将已刻好的大小印章毁掉了事。论资格，云振中是国民党保定军校第六期毕业生，和张发奎、薛岳是同学，本来国民党用人历来重资历，琼崖当局既然内定云振中调任守备司令，为何又变为由资历比其浅的王毅升任？原来王毅的胞兄王俊是国民党第七战区的参谋长，又是国民党第十二集团军副司令，其中的奥秘可想而知，说穿了就是亲属关系起了决定作用。

王毅虽然升任了琼崖守备司令，但他资历浅短，威望不高，而且他籍贯澄迈，澄迈人在琼崖的地位历来不如文昌人显赫，因而他难于统率群伦。现在他遇到内部争夺余波未平，势必向以实力逞强的"文昌帮"求得支持；特别是日寇入侵迫在眉睫，他不得不考虑如何对付这种险恶局面，又不得不谋求取得共产党的协助。

我将以上情况向特委书记冯白驹做了汇报，他指出：根据当前情况，王毅迫于形势有可能寻求及早解决红军游击队的改编问题。我们在这紧迫但有利的形势下应抓紧同王毅的谈判，在谈判中加强对实力派"文昌帮"的团结。我依照这一指示精神，在"文昌帮"的几个头面人物中间展开了活动。

在客观形势的逼迫下，王毅不得不采取措施，决定派"文昌帮"的首要人物吕承文和杨永仁为代表，出席琼崖国共两党的谈判。吕承文和杨永仁也乐于担当这个任务，他们代表国民党琼崖当局，接受中共琼崖特委提出的改编红军游击队的条件，于 10 月 22 日双方达成了协议。这样，持续了一年多的琼崖国共两党谈判，终于取得了圆满的结果。

琼崖国共两党的协议中有一条规定，红军游击队改编为广东民众抗日自卫团第十四区独立队，大队和中队的正职由中共琼崖特委自己选定，报国民党琼崖守备司令部备案；大队和中队副职由琼崖国民党方面委派，其人选须经中共琼崖特委同意。这充分体现了我党抗日民族统一战线的基本政策和独立自主的原则。根据协议的这一规定，国民党方面委派什么人选，这是我们很关心的问题。

云龙改编仪式前一个晚上，吕承文叫我立即到他的办公室去。这时已经下班，临时叫我去必有要事。当我见到他时，他直说，派我到红军游击队改编后的独立队去工作，并说一共派去四人，让我去任一个中队的队副。面对这个突如其来的决定，我思想上毫无准备，沉思了一会儿便反过来问他："派我们几个人去的任务是什么？"他说是帮助游击队进行军事训练。我故意推辞说，军事我懂的不多，怎能教人？他说，军事这东西，懂多少教多少。我想既然已经决定，而且也没有其他难以执行的任务，也就当场答应："去。"

我回到自己房间之后，仍在琢磨吕承文这一决定的用意。我想起许登文一次对我说："你和老冯（指冯白驹）是一路人，可我也是同路人呀！"我当时回答他："现在赞成团结抗战的都是同路人，既然共同打击民族敌人，何必强分彼此。"他听了点点头。想到这里，我觉得吕承文的决定是有来由的。

本来，我应当把这个决定迅速向冯白驹同志报告，但这时已经夜深，不能去了。我估计吕承文会把派去的人的姓名、简历告诉冯白驹的，冯白驹他们会了解情况的。既然不去冯白驹那里了，我免不了要找吕承森等人辞行。吕承森对我说，原先是打算推荐教导队第一中队长张维去的，但吕承文不同意，并说："派张维去和人家打架吗?!"至此，我完全弄清楚了，派我去是想沟通琼崖国共双方关系的。我觉得就执行这一任务来说，派我去还是比较合适的。这时，我心里也踏实了许多。

次日，我按照吕承文的吩咐，起个清早赶到东门约定的地点去等车，随同王毅等一行人到云龙圩去。到达之后，只见圩市沿途站满了人群。一时鞭炮鼓乐齐鸣，冯白驹出来迎接王毅等人走上大会主席台。不一会儿，大会开始，王毅宣布了改编命令和委任名单，并向冯白驹授印授旗，接着发表了简要讲话，检阅了队伍。冯白驹代表全体官兵讲了话，表示誓死保卫琼崖的决心，并带领官兵高呼"坚决抗日、保卫琼崖"等口号。

我们中队驻在云龙圩附近的儒来村，很快就开始了紧张的军事训练。不久我的党组织关系也转来了部队，从此我便正式回到了娘家。

红军师长王文宇[*]

陈　英　王乃策

　　1931 年夏，梁秉枢同志离开琼崖后，王文宇同志接任工农红军琼崖独立师师长。他根据 3 月初召开的全琼工农兵代表会议精神和 4 月份琼崖特委扩大会议的决议，提出红军建军必须在特委的绝对领导下，执行中央关于开展武装斗争、实行农村包围城市的方针，学习井冈山的经验，把斗争重点放在扩大革命根据地，建立全区苏维埃政权的建设上。注重军事训练，提倡军政协作，红军必须紧密配合各县赤卫队开展对敌斗争，提倡在国民党的军队中加强兵运工作，开展政治攻势，分化瓦解敌人，壮大工农红军。他非常注重加强对红军的政治思想工作，提倡艰苦奋斗，爱护群众，遵守纪律，一切缴获归公。由于这段时间红军的路线对头，纪律严明，人民武装力量迅速发展，琼崖工农红军发展到 2000

---

　　* 本文原标题为《忆红军师长王文宇》，收录时做了适当修改。

人，加上苏区各县的基干队和各乡的赤卫队，人民武装力量约8000人。

琼崖特委和琼崖红军独立师师部设在离礼昌仅30里远的琼东平坦、墨寨村。礼昌位于琼东县烟塘地区一带，这里有座炮楼，高4丈、墙厚3尺，号称钢铁碉堡，是礼昌大地主李仁山勾结国民党民团头目李训武、李训克修建的，给特委和红军的活动带来很大的威胁。11月下旬的一天，文字师长下令挖掉敌人这颗"眼睛"，他部署一个营的兵力，在各个交通要道截击增援炮楼的敌人，自己带领警卫队和赤卫队正面袭击炮楼。敌人得到消息，在炮楼里关了几十名群众，使我们无法下手。文字师长将计就计，一面传令撤退，一面指派赤卫队员化装成群众，挑柴送草扛猪进炮楼"慰劳"民团，要求放出群众。等化装的赤卫队员发出信号，王文字便指挥部队发起冲锋围歼炮楼，他们利用当地的大谷笼做掩护，谷笼状似水缸，内装满浸湿的稻草，红军战士把谷笼推向前去，人紧靠谷笼，匍匐前进。迫近炮楼时，王文字命令投弹，一时烟火四起，赤卫队员运动到炮楼周围也烧起烈火，炮楼上的敌人见势不妙，争相跳楼逃命。

王文字师长不仅作战勇敢机智，在思想作风上也非常严谨。他常说，条件越困难，越要注意红军的政治素养。他担任师长以后，生活艰苦朴素，态度诚恳，平易近人，关心别人比关心自己为重。他穿的军服已经褪色，补丁加补丁，庶务长王仕宗领来新的给他换，他批评说现在条件还很困难，要多为下面的战士着想，命令通信员小陈把新领来的衣服退还回去。有一次，他脚上皮肤溃烂，部队为了照顾他，通过地下党的同志从海口买来双氧膏和双氧水给他治疗，可是他很少使用；当他到经委去检查工作时，看到经委有位同志脚溃烂，便叫警卫员回师部去将他的双氧膏和双氧水拿来给这位同志治疗。师部行军每到一地，警卫员总是要到井里去挑水，给首长洗脸、洗澡。可是他却不让警卫员去挑水，说："溪河沟涧就是师长的面盆。"

1932 年 7 月底，广东军阀陈济棠派他的警卫旅旅长陈汉光带领所属部队来海南"围剿"红军。当时，王文宇同志指挥红一团主力在母瑞山外围顽强阻击，激战几天后，特委决定他带领红一团主力掩护琼崖特委、琼崖苏维埃和师部领导机关向母瑞山腹地撤退，留下红一团一部、女子军特务连和当地赤卫队同敌人展开游击战。此时，敌人继续以两个营、特务营和空军一个分队跟踪围攻特委机关和王文宇率领的主力，王文宇指挥红军在母瑞山同数倍于己的敌人激战十多天，未能退敌。琼崖特委、琼崖苏维埃和军委举行紧急会议研究对策，大家一致认为，敌人的目的在于找我主力决战，如果我们继续死守母瑞山区孤军困战，势必陷于绝境。在这十分危急的时刻，王文宇挺身而出承担重任，提议由他和师政委冯国卿率领红军主力突围，把敌人引离母瑞山，掩护琼崖特委、琼苏领导机关和部分红军撤退。王文宇的建议得到了琼崖特委书记冯白驹、琼苏主席符明经等领导同志的支持。同年9月下旬，王文宇、冯国卿带领队伍分成多路冲出敌人3个团的封锁线，然后在琼东、乐会的文魁岭、南排岭、龙角岭、排田岭一带与跟踪的敌人英勇作战。陈汉光得知红军突围的消息，急从全岛各地调集2000余人的兵力，到乐万交界的文魁岭一带把守截击。

在南排岭阻击战中，冯国卿政委不幸中弹被捕牺牲，王文宇和参谋长郭天亭率领剩下的几十个人迅速转入山林深处，日伏夜出，同敌人迂回激战。陈汉光的国民党部队进不了山区，便采取重兵包围，妄图把红军困死在山中。由于战斗时间长，弹尽粮绝，部分红军战士又因病伤缺医缺药，相继壮烈牺牲。为了摆脱窘境，王文宇率领仅有的十余名战士向白水桑山地转移，途中又遇到敌人伏击，参谋长郭天亭身中数弹被捕，王文宇腿部中弹仍然继续坚持战斗。冲出敌人埋伏圈时，他身边只存警卫员王信一人。一天夜里，他俩潜回琼东四区长尾埇村一破屋，当时敌人实行"移民并村"，长尾埇村已空无一人。王文宇派王信回他自己的村庄深造村去找食物，王信回到深造村时被老母、长兄利诱劝说，连夜向敌人自首。陈汉光得知消息，急忙派官兵赶到长尾埇一带警戒包围，机警的王文宇自从派警卫员回家索取食物不归后，意识到斗争情况复杂可能会出问题，便潜出深造村，隐蔽在山林深处窥视动向。不出所料，他发现警卫员王信归来时，身后有敌兵跟随，便急忙转移。敌人袭击破屋扑空，便层层包围长尾埇一带，陈汉光抵长尾埇亲自督战，遍山搜查未获。

王文宇几经周折，潜爬到龙山碉堡附近的小山村。黑夜，由小溪潜出敌人防线，抵达山佳寮村附近的山林里，准备夜间摸黑再转向六连岭根据地。但由于几天没吃东西，身又中弹负伤，因而在山林里昏厥过去了。就这样，王文宇不幸被敌人发觉，在昏迷状态中被捕。敌人搜查王文宇的全身，得到的仅是一个黑钢质证章、一个指北针，另有两个生番茄，他们没有想到红军的师长竟然身无分文。敌人把王文宇押送到海口，并到处张贴"匪首"王文宇已经被擒的海报。

1933年1月5日上午10点左右，国民党官兵荷枪实弹押着王文宇游街示众。这时，王文宇因脚上挂花，又多日不进食，疲劳不堪，但他想到这是共产党员和红军向群众做最后宣传的好时机，便振作精神，骑在马背上神无倦意、脸无惧色，不时地向拥挤在街道两旁的群众频频点头，说："诸位父老兄弟姐妹们，我们共产党人，为了解放千千万万受苦受难的同胞，和国民党反动派进行着殊死的斗争。现在由于一时的失利，我个人落到敌人手里，这是难免的，希望大家不要难过，要相信共产党人和红军是杀不绝的，共产主义一定要实现……"王文宇的宣传招来越来越多的群众，凶残的国民党反动派无奈，便用竹子夹在王文宇的嘴里，不许他说话。但人们从王文宇那刚毅自若的眼神中，看到一个共产党员、红军指挥员对革命充满着必胜的信念。

王文宇被关在府城国民党警卫旅的监狱里，开始敌人用大摆酒席设宴款待、施展美人计等手段，妄图规劝王文宇投降，都遭到王文宇的拒绝。敌人看到软的不行又来硬的，施加酷刑，往手指甲里插竹签，往鼻子里灌辣椒水，以及用火烤、铁板烙、夹手指等办法来折磨他，但都无法叫王文宇屈服。陈汉光气急败坏，决定亲自提审王文宇。一天，在敌人警卫旅宽敞的办公室里，正中摆着一张椭圆形的桌子，上面铺着白布，桌子周围靠墙的东南两侧，坐着国民党《中央日报》、广州《国华报》、琼崖《民国日报》等几家报社的记者和警卫旅的一些官员，上午9点整，陈汉光神气十足地走进来了，跟在他后面的还有几名官员和士兵。陈汉光坐在桌子的正端，接着便传带王文宇。陈汉光骄矜自负地说："王文宇，考虑你的此时此地，你承不承认你们共产党的失败？只要你承认共产党是杀人放火、共产共妻，已经完全失败了，并在报上发表声明，说明共产主义在琼崖已遭到破产，在全国也行不通，我们马上可以放你，甚至还可以给你官做……"

　　"不！"还没有等陈汉光把话讲完，王文宇就满腔怒火，严词驳斥："我和你们的看法恰恰相反，杀人放火，共产共妻，打村劫舍的，不是我们，而是你们国民党和反动军队。共产党和共产党所领导的琼崖红军火种，正在全琼崖燃烧，共产主义正在人民心中扎根发芽，未来的胜利一定属于我们！"

"那么你本人现在的处境又如何解释呢?"陈汉光妄图靠一时的得势显耀一番。但是，王文宇早已胸有成竹，他利用陈汉光的公堂，对国民党反动派进行了有力的控诉。陈汉光亲自提审王文宇的阴谋破产后，1933 年 7 月，这位琼崖红军年轻的指挥员、共产主义战士被大批军警押赴刑场。一路上，他向沿途成千上万的群众告别，高呼口号："打倒国民党反动派!""共产党万岁!""共产主义万岁!"王文宇师长英勇就义，年仅 34 岁。

　　王文宇牺牲了，但王文宇同志作战勇敢顽强、生活艰苦朴素、办事大公无私的革命作风，特别是在敌人面前宁死不屈的大无畏精神，在琼崖特委、琼崖苏维埃、琼崖工农红军的全体人员中，在老根据地的群众中留下了深深的记忆，人们永远传颂他、怀念他。1958 年秋，当地政府在王文宇同志的家乡修建了王文宇革命烈士纪念碑，王文宇家乡澄迈县的北雁区也于同年改名为文宇公社（今文宇区）。

女英雄刘秋菊

冯安全　吴任江

　　刘秋菊同志一向以智勇双全著称，是琼崖人民熟知的红军女英雄。

　　1932 年秋，国民党陈汉光部进驻琼崖，大举"清剿"我琼崖红军和苏区。我党我军遭到前所未有的严重挫折，一些动摇分子相继叛变革命投奔敌人。1933 年，琼山县第六路军冯大同叛变后，当上国民党博布民团队长，经常带领敌人侵扰袭击苏区和红军游击队。我红军游击队决定组织伏击队，除掉这条恶蛇，这一任务交由刘秋菊同志去完成。

　　据红军游击队地下组织的情报，叛徒冯大同经常在博布—三江公路沿线活动。为了熟悉地形情况，刘秋菊亲自去侦察，然后部署了战斗。盛夏的一个傍晚，刘秋菊、吴任江和林茂松、林天德等同志，全副武装，带着熟地瓜，到公路边的一个小山的树林中埋伏。两天过去了，没有动静。第三天中午，一阵阵行军的步履声由远而近，我们短枪队的同志抬头眺望，只见一大队民团武装正从博布朝三江方向走来。刘秋菊同志沉着地对大家说："敌人来了，准备战斗！"当敌人一进到我游击队的火力圈时，手枪声和手榴弹爆炸声顿时大作，一批敌人应声倒地，余下的溃不成军四处逃窜。叛徒冯大同仓皇逃命，我游击队盯住他紧追不放，赶了数里路远，被红军林茂松一枪击毙。打死叛徒，人心大快。乡亲们异口同声说："打蛇打头，打得好！"

1933 年，国民党军队到处建据点、设关卡，妄图困死红军。文昌潭牛圩炮楼就是国民党这时建起的据点之一，控制着琼山、文昌公路干线的交通要道，国民党驻军和民团以此为据点横行乡里，无恶不作，民愤极大，群众纷纷要求工农红军拔除据点为民除害。这个炮楼因地处交通要道，敌军来往活动频繁，四周又是平原，地形地势对我们行动很不方便，攻打和退却都无后路，强攻势必造成很大伤亡。后来，我们出谋献策，经过大家讨论决定乔装奇袭。

当时已临近年关，人们忙于办年货过年，潭牛圩上集市熙熙攘攘。敌人在炮楼下边的围墙上张贴着一张告示，悬赏 5000 光洋买共产党红军刘秋菊的头颅。驻炮楼的敌军、民团乡丁为捞到这笔重金过年使出了浑身解数，他们一部分被分派到农村去追捕刘秋菊，一部分则去市场盘查和搜刮年货，据点门口只站着一个无精打采的哨兵。

摸清了反动乡长在炮楼里的情况后，游击队按照作战部署，由刘秋菊当向导，派一名侦察员挑着豆腐花在炮楼门口叫卖，负责观察据点内外敌人动静，监视和控制敌人哨兵。哨兵吃着豆腐花，刘秋菊他们与之周旋；其余的红军游击队员化装成担菜挑柴的村民，均进入集市到了敌据点的周围。

这时，几个游击队员假装吵架相互扭打起来，刘秋菊立即呵斥道："青天白日，你们胆敢打架，去去去，到炮楼找长官评理！"这句话是游击队员的预定行动信号，只见游击队员你推我拉，立即一窝蜂似的拥进了炮楼。陈英一个箭步转到反动乡长身后，拔出手枪"砰"的一声送他上了西天，反动乡长的文书也被刘秋菊当场击毙。哨兵还没弄清楚怎么回事，就被游击队干净利落地收拾了。我们火速地把据点里的枪支弹药背上，在门窗上浇上煤油点了火，然后把炮楼的大门锁上，立即向东撤退。眼红的敌军出重赏四处搜捕刘秋菊，但他们哪里知道，刘秋菊带领的游击队正在他们的老窝大闹天宫呢！这次战斗打得干净利索，当外面的敌人赶回炮楼时，一个个呆若木鸡，哭丧着脸乱成一团。赶集的群众闻讯后个个喜形于色，无不称赞红军游击队的大智大勇，奇袭敌据点，为民除害。

1934 年下半年的一天中午，刘秋菊和张宗程、李玉梅等三名游击队员正在琼文县潭村活动，突然被国民党军队包围，冲出去已经来不及了。这时，刘秋菊沉着果断地对同志们说，我们的出路只有一条："打！"战斗持续到晚上，两名同志不幸中弹牺牲。刘秋菊想到自己一个人，如果死守，不被打死，也会被抓，三十六计走为上策。她趁敌人吃晚饭的时机，揭开屋顶瓦片爬出屋顶，匍匐在瓦石上，掏出手榴弹向敌群掷过去，一声巨响，敌人血肉横飞，惊魂未定的敌人以为我红军游击队从西边增援来了，马上集中火力向西边扑去。刘秋菊趁敌人乱成一团，跳下屋顶突围而去。天亮时，敌军冲进屋里，翻箱倒柜，找寻刘秋菊躲藏的地方，结果一无所获。当敌人看到屋顶上有个大窟窿的时候，才恍然大悟地叹道："刘秋菊又'飞'了！"从此，敌人在内部流传着："共产党游击队里有一位会飞檐走壁的女飞将。"

"头戴陈旧竹笠，身着黑色土布便衣。经常赤脚走路；打仗时勇敢非凡，冲锋陷阵在先；在群众中，她犁田插秧，农活样样能干，像个农妇。唯一不同的是，她经常佩带一支勃朗宁手枪。"这就是人们述说的刘秋菊同志的形象。

在艰苦的游击战争中，刘秋菊肩负着革命重担，做交通联络、向导带路、挑水做饭、护理伤病员等，从不计较。在斗争中，刘秋菊同志深深地感受到，广大人民群众是我们一切力量的源泉，依靠群众才能生存和战斗。所以，她时刻牢记群众，关心群众，深入群众。平时，她每到一处，就好像回到自己的家里一样，同当地农民一起下田干活，喂猪喂鸡，拾柴挑水，舂米煮饭，特别是琼山、文昌等县的老区群众，很少有不认识她的，男女老少都亲切地称呼她为"姨母"，有什么事情都喜欢找她商量。她常常边干活，边聊天，边了解情况，边解决问题。她始终是和群众在一起。

1934年冬天，党领导的游击队以各种职业为掩护，在群众的支持下广泛开展游击战争，敌人对此怕得要死、恨得要命。因而，敌人在到处追捕杀害共产党员、红军游击队员的同时，也对革命群众狠下毒手。国民党琼崖当局进一步实行"五户联保""十户连坐""移民并村""十杀政策"，到处是一片白色恐怖。有些人害怕，也不敢公开接近我们，面对险恶的环境，当时担任中共琼文县委委员的刘秋菊同志紧紧依靠人民，人民群众也深深爱戴和信任她。

1935年的一个夜晚，北风呼号，细雨纷飞，刘秋菊同志带领游击队员，来到琼山县演丰乡附近一个村庄，经过长途跋涉，战士们又饿又累，不得不到群众家叫门，准备休整一下。可是，什么回声都没有。后来，刘秋菊走上前轻轻拍了两下，细声地说："我是'姨母'，请快开门。""吱"的一声，大门开了，主人热情地招呼同志们进屋，接着是烧水、做饭。群众对刘秋菊是那么熟悉、亲热和信赖。

由于刘秋菊深深地扎根于群众之中，不管她在哪里，都能得到群众的掩护和支持。就是在敌人的活动区域乃至敌人心脏，她也能安全无恙地在那里进行工作和战斗。

在人民解放军渡海作战解放海南的前夕，刘秋菊同志因积劳成疾与世长辞。这位坚持23年革命武装斗争，杰出的琼崖巾帼英雄的事迹，将永远激励着后代，光照人间。

坚强的战士梁森生 [*]

陈明钦　叶　虎

土地革命战争时期，在海南岛万宁县有一位非常普通而又无比坚强的战士，他的名字叫梁森生。

1932 年 7 月，国民党陈汉光旅来海南"围剿"革命，海南革命斗争进入了最艰难的时期。当时，梁森生同志是万宁县第四区区委书记，他领导区委的同志，经常冒险冲过敌人的层层封锁线，向红军送粮、送钱、送情报，被同志们称为"坚强的战士"。

是年 12 月，上级调他到万宁县委工作。他到县委报到时，看见县委肖焕辉书记双眉紧锁，正在为红军缺粮而发愁。问过情况后，当即表示："肖书记，把筹粮的任务交给我吧！"肖书记略沉思一下说："好吧，凭你有一股不怕苦、不怕死的革命闯劲，我相信你能完成任务。你马上回四区发

---

　　* 本文原标题为《坚强的战士》，收录时做了适当修改。

动群众，筹粮上山。"告别了肖书记，梁森生冒着寒风冷雨连夜赶回黄土堆村，向区委的同志传达了县委的指示，大家简单研究了一下，就分头发动群众进行筹粮。

工作刚刚开始，意外的情况就发生了。第二天晚上，同志们忙了一整天后回到黄土堆附近的一座小山包上睡觉。这时，国民党营长钱开新率领100多人突然包围了小山包。原来，前两天区委交通员廖松元在加索村被捕降敌了，就是这个软骨头带着敌人来的。敌人悄悄摸到我们的住处附近，便架起机枪疯狂扫射。区委书记符莪清、副书记王有志、委员黄光汉、区团委副书记符汉新等五位同志当场牺牲，只有区妇女会主任郭于花和区团委书记陈明钦抄小路突围脱了险。梁森生腿部连中三弹，腿肌被打碎，由于情况紧急并不觉得痛，待枪声停息四周恢复寂静后，他想站起来，但腿已不听使唤了；用手一摸，湿漉漉的满腿是血，他才意识到自己负了重伤。这时，他见前面小树丛里有两个黑影在挪动，仔细一看，原来是敌人搜索摸上来了，便忍着剧痛支撑着身子举枪结果了他们，几乎在同时他也昏厥了过去。夜深天黑，敌人见派去的两名士兵有去无回，摸不清底细不敢再搜山，只好收兵回去。

也不知过了多久，梁森生才慢慢苏醒过来，浑身已被露水湿透。他估计敌人在天亮后一定会再来，便胡乱包扎一下伤口，忍着疼痛，拖着沉重的伤腿，爬到另一个小山包藏起来。第二天早晨，敌人果然又来搜山，结果扑了个空。下午

2 点左右，我们发动黄土堆村群众上山找受伤的同志。群众在山包上到处找，一直没有发现梁森生，以为他被敌人抓走了。正准备往回走时，富有心计的夏大娘转到另一个山包找到了他，此时梁森生因流血过多已奄奄一息。陈明钦抱着他的头含泪说："六连岭已被敌人重重封锁，进不去了，你就安心到附近村庄中养伤吧。"陈明钦背他到铺仔村暂时藏匿，当晚又由堡垒户吴明熙、吴明谦兄弟俩偷偷把他抬到熊仔下村的一个破砖瓦窑里安顿好，县委派来王月姬同志护理他。

在那白色恐怖的日子里，无医无药，村里群众说猫肉冷可吸毒，同志们就杀了只猫，把肉切碎给他医治伤口，可是子弹还在腿里，不摘除是难以治愈的。为了找医生，地下党的同志又把他抬到斗山村瓦窑，斗山村共产党员李俊琼、李会传等同志四出秘密问医找药。斗山村子靠近公路，住了几天后怕暴露，又悄悄将他抬到福塘村附近一个偏僻的破草寮里。

福塘村党支部书记谢国宣、党员何清和等又担负起照顾他的任务。他们和梁森生的父亲商量，决定借 20 块光洋，到文曲村去请骨科医生冯某来治疗。梁森生见党组织和群众这样东奔西跑想办法为他治疗，很过意不去，几次要求不要再麻烦群众了。他说："我的伤这么重，难治好啦！你们不要动用那么多人围着我了。敌人天天搜捕，危险啊！"谢国宣听了，假装生气地说："你啰唆什么？你以为你不怕死就可以死了吗？为了革命，无论如何我们也要救活你。"梁森生见状，不再吭声，两眼充满了泪水。

骨科医生冯某请来了，这个家伙是个鸦片烟鬼，贪财爱喝，思想也有点反动。先得带他到烟馆过足烟瘾，而后又摆酒席款待，再塞上20块光洋，他才去治疗。冯某看伤后，知道是枪伤，认定梁森生是共产党的人，就收拾东西不肯动手术。这时梁森生霍地拔出驳壳枪，厉声喝道："共产党不好吗？共产党舍命为穷苦人翻身求解放，你不拥护吗？"冯某见黑洞洞的枪口对着他，只得连声说："不！不！我……我拥护，我……我给你治。"说毕，他战战兢兢地动起手来。由于没有麻药，手术刀一下，痛得梁森生额上豆大的汗珠直冒，牙齿咬得"咯咯"响。冯某用夹子从伤口里取出子弹和碎骨，清除污物后敷上药，给了10粒消炎用的"六九三"丸，头也不回地走了。冯某走后，梁森生意识到此人不可靠，便叫地下党的同志马上抬他转移到斗山村去。果然不出所料，冯某一回去就向敌人报告，敌人包围了福塘村。

梁森生转移到斗山村后，县委派陈英兰同志来护理他。在福塘村扑了空的敌人似乎又听到什么风声，接连几天对斗山村进行"搜剿"，继续藏在斗山村是不行了，陈英兰和李会传、李大辉、李会球等人把他抬往熊仔下村去。到熊仔下村附近的小山里藏起来后，县委又派来一个叫冯增勇的小伙子来护理他，小冯不怕脏不怕臭，天天用盐水给他洗伤口，还四处找草药给他敷治。这样，梁森生在小冯和群众的精心护理照顾下，居然从死亡线上挣扎了过来。

1933年2月的一天中午，冯增勇给梁森生送饭时，发现山林里有一个人影晃动，小冯马上跑去向梁森生报告："老梁，不好！山林里有个人影鬼鬼祟祟的，像是坏人。""你赶快躲开，肯定是敌人来了。"小冯说："我背你一起跑！"梁森生坚定地说："来不及了，你赶快走，听话！"小冯无奈，只好赶快躲开，梁森生也吃力地爬到山沟里一个小石洞中藏起来。果真是敌人来了，小冯看见的那个人影就是熊仔上村的反动分子廖宪信，他探知梁森生藏在山里的地点后，到坡罗圩向国民党民团告了密。乡长何文裕连同叛徒符廷荣便带着20多名团兵来了。

"跑啦！追！"何文裕见梁森生住的小草棚里空无一人，大声地命令。梁森生听得清清楚楚，他想小冯还没跑远，要是被敌人抓去就糟了。自己重伤在身，肯定逃不脱敌人的"搜剿"，于是他拿起一块石头狠力向洞外砸去，石头的撞击声把敌人吸引到他这边来了。"还有一个青年仔呢？"何文裕站在梁森生面前大声问。"早就跑啦！你们不是来抓我吗？""跑得了和尚跑不了庙，把这个带走！"何文裕吼着。众团兵将梁森生塞进箩筐，抬回坡罗据点。

回到据点，何文裕开始提审梁森生。他先是满脸堆笑地问："你是梁森生吗？你年轻，前途无量啊！只要你坦白招供，政府是会宽待你的。可以给你治伤，然后放你回家。"

梁森生躺在箩筐里，伤口被筐沿划得直流血。他冷冷地笑着"哼"了一声，一句话也没说。何文裕见梁森生冷笑不开口，脸色变得铁青："你说！你说！为什么不说！""你急也没有用，我是一名红军普通士兵，有什么好说的呢?"梁森生仍然冷笑着说。

"给我把他吊起来狠狠地打！"凶狠的何文裕暴跳如雷。叛徒符廷荣立即把梁森生的双手反缚起来，吊到梁上，由团兵轮流着用皮带猛抽，打得梁森生衣服破烂，皮开肉绽，鲜血淋漓。梁森生紧咬牙关还是一句话不说，连哼都不哼一声。

几天来，敌人多次的提审毒打使他浑身青肿，特别是那条伤腿肿得像条木梁，动一下都钻心地痛，全身大大小小的伤口都化起脓来了。一天下午，有位难友为了减轻他的痛苦，弄来一根5寸长的铁丝，磨尖后放在火里烧红，刺进他的伤口，想帮助他把脓血排出来，不料没掌握好深度，把血管刺破了，鲜血喷流不止，梁森生的脸色顿时白得像纸一般，又昏死过去了。难友们这下可慌了手脚，一个个痛哭起来，哭声惊动了狱官，他走进牢房一看，说了声"死了"，就连忙捂着鼻子退了出去。一会儿，狱卒关福文、陈亚二拿着草席、麻绳进来，把梁森生用草席包好，又用麻绳捆起来，当晚把他抬到教场坡山边，准备第二天一早埋掉。深夜，梁森生在黑压压的蚂蚁、苍蝇、蚊子的叮咬下苏醒过来，他睁眼一看，身子被捆在草席里，知道是敌人把他当成死尸抛在山野里了。

东方露出鱼肚白，天渐渐亮了，不远处的狗群汪汪叫着。梁森生意识到，因为这些畜生吃惯了死尸，狗群一来，他只能活活被狗撕烂了。幸好，这时有两个扛着锄头的人走到附近的山坡上，挥起锄头挖坑，他立刻明白过来，这是来埋他这个"死尸"的。他心一紧，用力挣扎着摆摆手说："兄弟！"那两个人听到叫声，转头一看，见"死尸"动了起来，吓得连连叫："我的妈呀！"抛下锄头就要跑。

"别跑！兄弟，我还没有死，请不要埋掉我。"梁森生恳求道。那两个人站住脚，走近梁森生，看到他果真活着才定下心来。梁森生说："我没有死，你们不能将我活埋，这会伤阴功的。请你们秘密到万城去叫同发兴商店老板陈家锦来会我，并说我让他给你们每人2块光洋。"那两个人便匆匆跑到万城去报信，没多久陈家锦大伯来了，他和梁森生是同村人，还沾点亲，见梁森生这般光景，立即雇人到龙滚去告诉梁森生的父亲。他父亲来后，陈大伯又拿出20块光洋雇四名轿夫，把他当作"死尸"抬回家去。轿夫们抬到万城后，埋怨梁森生浑身臭味难闻，说一人5块光洋抬这臭"尸"不合算，赖着不肯再走。此时，著名琼剧演员李积锦正好路过这里，他掏出4块光洋分给他们，轿夫们这才老大不高兴地将梁森生抬到家里。

到家后，梁森生被安置在牛棚里，因为家里的房子早被国民党烧光了，与牲口睡在一起，不几天，他的病情更严重了。为了救他，父亲忍痛卖掉了家里唯一的一头黄牛，并在屋后的一座小山里搭起一间草棚，把他搬到那里养伤。县委对梁森生一直很关心，派军医王绍华同志装作算命先生，冒险来为他治伤。不久，敌人又发现了他。坡尾村大地主梁居周是国民党龙滚乡乡长，他派了好几个爪牙秘密监视梁森生，还亲自去察看了两次，生怕梁森生跑了。梁森生伤势稍有好转，陈拔群又以梁森生煽动群众参加共产党为罪名把他投进监狱。

入狱当天，龙滚圩国民党军的一个参谋长就来审讯他，要他招认煽动群众参加共产党工作的"罪名"。他据理抗辩："我的病未愈，腿还不能走路，怎么能东奔西跑做工作？这分明是有人想害死我，造谣诬告罢了！"参谋长见他确实不能走路，便叫他请人担保，把他放回家了。回家后，在党和群众的多方照顾下，他的病情逐步好转，慢慢能走路了。他高兴得不得了，立即和党组织取得联系。根据县委指示，他打扮成渔民，在群众的掩护下搭上渔船，悄悄地潜到了陵水县，与王绍华、邢国贤等同志接上关系，便积极开展起秘密活动来。

1934 年春，按乐万县委指示，他和陈明钦以及符羲江、谢汉宛、陈明英等在礼纪地区冯家铺仔开了一间饭店作为党的地下联络站，后因敌人破坏，又转移到贡举圩开杂货店。在县委领导下，联络站积极开展兵运工作，购买枪支弹药，秘密恢复和发展地下党组织，收拢散失在陵水、保亭等地的同志。在危险的环境中，梁森生不顾伤残虚弱的身体，亲自到贡举坡、六盘、莲花埔等村秘密活动，建立起一个党支部和一个团支部，发展党团员十多人。他还派陈明钦到陵水县城、新村港、保亭、墨牙等地收拢失散的同志十多人，红军代团长黄大猷、连长符家煦以及王春瑞、冯增勇等先后被送上了六连岭。此外，他还通过地下党组织对国民党军排长王和文做工作，先后三次秘密购买子弹转交给县委李黎明书记。

1935 年 5 月间，梁森生从贡举圩潜回家，被坏人得知后告密，陈拔群即派谢维壁带十多名团丁逮捕了梁森生。第二天早上，国民党万宁四区区长符德义亲自审问，陈拔群到场陪审。尽管使尽酷刑，把梁森生打得死去活来，仍然未能从梁森生口中得到只言片语，最后只好把他抬上汽车押往万宁县城，再度投入监狱。

到万城监狱后没几天，县公安局局长又亲自提审。梁森生早已把生死置之度外，誓死保守党的秘密。公安局局长杀气腾腾地问："梁森生，你不是死了吗？怎么又活过来继续干共产党的工作？"梁森生说："我过去当过红军战士，自从死里逃生后，我一直做小生意过活，没有干什么共产党工作。"

"哈哈！"公安局局长自鸣得意地拿出一张纸念道，"梁森生，贡举交通站站长。搞兵运，购买武器，接收散落的共产党人回六连岭……检举人，曾宪熙。""怎么样？你还有什么话可说？"

梁森生一听到"曾宪熙"三字，胸中怒火顿起，这个可耻的叛徒曾出卖过许多同志，这次又派上用场，实在可恶，非好好对付不可。他随即装作受到极度冤枉似的说："好一个曾宪熙呀！这个狼心狗肺的家伙，他诬告我是有原因的。他在山上时，抓我堂弟梁煌生勒款，被我堂弟当面臭骂一顿，他恼羞成怒，杀死了我堂弟。他是我的仇人，现在他投降你们了，又乘机陷害我，无中生有，血口喷人。他说的话全是假的！"公安局局长见梁森生破口大骂曾宪熙，顿时火冒三丈，喝令刽子手脱光梁森生的衣服，用铁丝捆住他的两只脚拇指，把他高高地倒吊起来。两个刽子手站在两边，用皮鞭猛抽，打累了，就在他的头底下生起一堆火熏他。梁森生一声不哼，牙齿把嘴唇咬得鲜血直流，没一会儿工夫便不省人事了。

敌人把他抬回牢房时，他的头发已经被烧光，脸黑得失去了原貌。过了好久，他才慢慢苏醒过来，用微弱的声音说："曾宪熙这软骨头密告我了，要设法对付他。"大家听到这个叛徒的名字，个个咬牙切齿，纷纷议论对策，当即让文德才、陈国良同志写状子，控告曾宪熙"为了领赏，虚报情况，陷害好人，欺骗上司，捞取钱财，任意挥霍"。状子发出去后，敌人因一直得不到梁森生任何证据，又见曾宪熙确有大吃大喝、寻花问柳、任意花钱的表现，便对曾宪熙产生了疑心，不再那么相信他的话了。敌人也没有轻易释放梁森生，把他当作悬案长期关在监狱里，直到两年后的 1937 年 12 月，因抗日战争爆发，他才和 160 多名难友一起从万宁监狱被释放出来。

梁森生出狱后，尽管身体已被敌人搞垮，可是仍以顽强的斗志，投入了抗日战争的洪流当中。

革命母亲潭光妈

陈　英

　　琼山县三江乡潭光村，有一位慈祥而坚强的革命老妈妈。她究竟叫什么名字，至今没人能说得清，我们都亲热地叫她"潭光妈"。

　　1932年秋天的琼崖大地，到处都笼罩在白色恐怖的腥风血雨之中。几天前，我们还在母瑞山上，和特委机关以及警卫连100多位同志一道，与围山的敌人在做艰苦的斗争。为了与地方党组织取得联系，冯白驹同志交代我带着吴伯区、林天德等十多位同志组成的小分队下山。然而我们下山后却一无所获：山下的各级党组织都被敌人破坏了，"红色村庄"都变成了"无人区"。我们只得长途跋涉来到琼山县三江乡，希望能在这里与潭光村的潭光妈接上头。可是，当我们来到眼前这死一般的村子时，不由得疑窦丛生：潭光妈究竟在不在村里呢？

　　潭光妈是我两年前认识的。那时，为了发展三江乡的地下党组织，我和李黎明同志带着几个人来到这个村子，秘密住在潭光妈家里。相处虽然仅仅半年，但共同的革命目标使我们与她建立了深厚的阶级情谊。我们上母瑞山后，她还常常托交通员向我们问寒问暖，勉励我们要坚持到最后胜利。一想到她那慈祥纯朴的面容，我心里就默默地对自己说：只要她活着，她肯定会和我们接头的！肯定！

进村了，在一片断墙残壁中，我们找到了潭光妈那间多年失修的低矮小屋。"潭光妈，潭光妈！"我轻轻地敲着门，尽量压着嗓门儿小声喊。里面没有动静，我的心一沉，敲着门又低声喊起来："潭光妈，是我，我是陈英呀！"

过了一会儿，屋里传出了声音，接着一线灯光从门缝里透射出来，只听见"吱呀"一声，门开了，一个衣衫褴褛的中年妇女端着海棠油灯出现在门口。这不就是潭光妈吗？在昏黄的灯光下，只见她消瘦多了。她倚着门框，一声不响，也不看我。我赶紧扑上去："潭光妈，是我呀！"

她举起灯照照我的脸，顿时，她的眼睛睁大了，嘴唇颤抖着讷讷地说："啊，英仔，真是英仔啊！"她说着一把抓住我的肩，抓得是那样紧，像是一松开我就要飞走似的。她盯住我的脸，一串串眼泪夺眶而出，紧接着，她"哇"的一下哭出声来。我的喉咙里也堵得难受，拉住她的手安慰说："潭光妈，我们回来了！"

潭光妈这才发现我身后的其他同志，赶快说："同志们，快入屋，快入屋！"同志们走进屋子，拥着她问长问短，潭光妈答这个、应那个，说着说着竟破涕而笑了。"白匪四处说你们都完了，我就不信！这不，你们真的都回来了。好好好！这下又该那帮遭雷打的难受了！"

潭光村离三江圩白匪据点只有三里，村子里不能久留，我们决定马上转移到附近的潭光山上。出屋前，潭光妈交给我一把剪刀，要我们上山后好好剪剪几寸长的头发。从这天起，我们便暂时隐蔽在潭光山上，由潭光妈每天天亮前给我们送来一天的饭菜，并把她了解到的情况告诉我们。

一天拂晓，鸡刚啼，忽然下起了大雨。我们挤在大树底下，望着山下那条羊肠小道，心里想，这么大的雨，潭光妈可能不来了。就在我们暗中做好要饿一天肚子的准备时，潭光妈却提着饭篮，神奇地出现在我们面前。看着她那被淋得像落汤鸡一样的瘦小躯体，我们感动得真不知说些什么才好。

她，平平凡凡，就像那些海南农村受尽苦难的农家妇女一样，"贱"得连自己的名字也称不起。她的丈夫过早辞世，在沉重的生活担子下，长期的艰苦生活使她懂得了只有跟着共产党闹革命才能过上好日子。在斗争中，她光荣地加入了中国共产党，并担任潭光村的党小组长。她把自己唯一的女儿送去参加革命，女婿也在红军里当连长。为了革命，她真是舍出了自己的一切，对于这么一位坚强的革命母亲，我们真不忍心再给她肩上又添负担。然而，革命的需要，迫使我们不得不又一次将一个艰巨的任务交给她，这就是要她尽快为我们找到当地的党组织。

潭光妈二话没说，满口应允。十多天后的一个晚上，她把在琼山东区区委当交通员的女儿黄英带来了。原来这些天，潭光妈不顾生命危险，装成拾粪或者走亲戚，走了十几个村子，好不容易才找到区委。在当时那种恶劣的形势下找党组织，其风险、其艰难，我们心里都不难想象了。一个星期后，区委派来一位姓冯的宣传委员和我们联系，很快，三江乡的工作逐步展开了。

我们的具体任务是恢复和发展各村的农民赤卫队组织，积蓄力量，迎接革命高潮的到来。潭光妈每天晚上都要给我们带路，我十分担心她的安全。但她总不把这放在心上，屡次都这样对我们说："怕死还闹什么革命？再说和你们这些后生仔在一起，我心里踏实得多！"在她的大力支持下，我们的活动得到了很大的方便。不久，三江乡一带村子的地下党组织恢复起来了，农民赤卫队也重新秘密组织起来，局面渐渐地有了起色。

可是，就在这个时候，潭光妈突然和我们失去了联系。我们立刻意识到会有不幸的事情发生。后来一打听，才知道在那天拂晓前，潭光妈在山上和我们分手后，一回到家里，一群白匪便一拥而入，将她捆往三江圩。原来这是三江乡的反动乡长、大地主吴清兰干的，他们把潭光妈绑在一棵苦楝树上，用竹片狠劲地抽打她，逼她讲出我们的下落。可是潭光妈怒目相对，一个字也不曾吐露。

漫长的一天过去了，潭光妈被折磨得奄奄一息，殷红的鲜血染红了她脚下的泥土，她遍体鳞伤，死去活来，然而白匪始终未能从她的口中得到什么。吴清兰见硬的不行又来软的，假惺惺地叫人把潭光妈抬进屋里，又让他老婆替她换去衣服，随后乡丁把丰盛的饭菜端到她面前。"你吃饭吧！"吴清兰跷着腿坐在太师椅上，假仁假义地劝说潭光妈："你这是何苦呢，他们又不是你的什么人，只要你说出一个来，我就给你100个光洋，说出十个，就给1000光洋……"但是，吴清兰的如意算盘白打了。那一晚，潭光妈不吃一粒饭，也不说一句话。

　　吴清兰这个家伙残暴而且贪婪，他从潭光妈的嘴里什么也没有得到，失去了一次邀功领赏的机会，这使他十分恼火，"把这个贱妇杀了吧！"可是他盘算来盘算去，总是觉得要榨出点油水才罢休。于是，他让人放出风声，如有人愿出500光洋便可放人。

　　第二天一大早，当他起床洗漱完毕，正准备喝早茶，突然发现茶杯下压着一封信，他以为是上头什么公文，忙拆开一看，顿时脸色灰白，像泄了气的皮球一下子瘫在太师椅上。这是一封我们小分队的警告信，由乡团中的我党的地下工作人员送进去的。信中限令吴清兰两天之内要释放潭光妈，否则他全家在三天内必定人头搬家，而他本人不出一个月也将当枪下鬼。这封杀气腾腾不容抗拒的警告信，吓得吴清兰出了一身冷汗，他不得不重做打算了，在当天午后3点钟左右，灰溜溜地把潭光妈放出来了。我们又在潭光山和潭光妈碰头了。大家激动地将她团团围住，表白不尽对革命母亲的尊敬爱戴之情。

此后不久，我们在一次向首长汇报工作的途中遭到了敌人的伏击。战斗中，我右腿中弹负伤了，为了不拖累同志们的行动，我暂时和大家分手，连夜爬回了潭光山。伤口在右腿上部，子弹没有穿透，当时要取出来是不可能的，因而伤口肿胀得相当厉害，血水整天淌个不停。我一个人隐蔽在山上，白天晒太阳，夜里望星星，这段时间潭光妈便成了我唯一的亲人，不管刮风下雨，她总是拂晓前送饭、换药。十多天过去了，伤口总不见好，反而化脓流水，潭光妈看了比我还要焦急，她回去暗中托一位同村的地下党员去了一趟海口，替我买到了几瓶双氧水，还有一盒"九一四"药膏和一包棉球。在她的精心护理下，又过了一段时间，我的伤口结了一个紫红色的疤。

这天夜里，潭光妈又来了。她微笑着对我说："英仔，今夜我来帮你练练走路。"我一听，激动得翻身站起来，刚想迈步，谁知麻木的伤腿却不听使唤，我一个趔趄就要摔倒。潭光妈忙上前扶住我，轻轻地说："看你看你，也太性急了。来，我扶你。"她右手扶住我的左肩，左手抓住我的左手腕，一步步慢慢地向前走。不知什么时候，她已松开了我，站在离我不远的地方，期待地向我说："英仔，你试试看，向我这边走。"

我鼓足勇气，艰难地移步向前。潭光妈紧盯着我，口中喃喃地替我数数："一、二……三！……"在这低沉亲切的语音中，我向前迈步了，一步、两步、三步……十步！虽然步履不稳，但我毕竟没有摔倒。一股抑制不住的喜悦涌上心头，我情不自禁地高举双手欢呼："我能走啦！我能走啦！"

　　是啊，我怎能不高兴呢？我这只折了翅膀的小山鹰，在慈母的精心护理下终于又能展翅翱翔了。从此，我又回到了自己的队伍，开始了新的战斗。

艰苦转战六连岭

肖焕辉

琼崖红军和革命根据地诞生以后，国民党反动派的反革命"围剿"连续不断，敌人的"围剿"与红军的反"围剿"成为琼崖这一时期战争的基本形式。在琼崖土地革命战争的前期，战略战术还处于摸索阶段。那时由于受到"左"的冒险主义影响，当革命高潮到来时，强调不停地进攻；当敌人进行"围剿"的时候，始则缺乏战略退却的思想准备，继而进入消极防御的被动地位。在战术上，打阵地战、攻坚战、运动战，也打游击战，取得过一些突出的战果，但是在反"围剿"作战中，基本的战术是阵地战，同强敌拼消耗，没有发挥游击战的优势，结果招致了失败。

1933 年，冯白驹等从母瑞山突围至琼山后，总结了经验教训，开始体会到琼崖革命战争的特点和游击战的重要性。虽然由于实践的局限，还不可能做出战略战术上的理论概括，但是已经逐步认识到一些游击战争的规律性问题，冯

208

白驹说："琼山没有大山，但有革命群众，我们能住下来，这就叫'山不藏人人藏人'。"在开展恢复工作中，特委要求把军事行动同发动群众结合起来，反对脱离群众的单纯军事投机；强调不盲目地有仗就打，而是有目的地打，能扩大政治影响，能得到物质补充自己，能有取胜把握的仗就打，不同敌人死打硬拼消耗自己，"赔钱的生意不做"；队伍时而集中时而分散，哪里有机会就集中突击或分散活动来打击敌人，有时在这个县化装突击敌人，有时又在那个县埋伏打击敌人，这样使敌人看来，我们的力量到处都有，摸不到我们的底。由于琼崖党组织对游击战争认识上的提高，各地在恢复工作中把发动群众和打游击战较好地结合起来，开始了战略上的转变，逐步变被动为主动，推动了形势的发展。

冯白驹亲自领导琼文县委开展恢复工作和打游击战。琼文邻近府（城）海（口），紧靠着敌人的政治、经济、军事中心，这一带敌人的控制是较严的，在这里活动，显然要顶着巨大的困难和艰险。他们当时过着"走山"的生活，白天藏身山林，夜间四出活动，用游击战打击敌人，当然也随时可能遭受敌人袭击。1934年入夏时，冯白驹、王白伦、朱运泽、李黎明等到琼山平原地区活动，一次他们在灌木林中隐蔽休息，不经意被一个放牛娃看到，闹不清他们是做什么的，便报告了民团。冯白驹等未能及时察觉，结果遭到敌人突然袭击，他们边打边撤，冯白驹的爱人王惠周、李黎明的爱人王爱珠不幸牺牲。冯白驹与特委其他成员认真总结了经验教训，把游击活动组织得更加严密、更加巧妙，他带领着一批干部战士，今天到这里，明天到那方，飘忽不定，叫敌人捉摸不到；看准了时机，就给敌人来一个措手不及。处处麻雀战，使敌人莫名其妙，几乎已经销声匿迹了的红军，突然之间又到处都出现了。

有一次，冯白驹他们打听到抱罗圩演海南戏，该乡的地头蛇都要去看，这是一个袭击敌人的好机会。但是内外有敌人戎装警戒，怎样下手呢？冯白驹让武装人员化装成小贩之类，混入戏场，瞒过敌人耳目。当戏演至高潮，而敌人的警戒有所松懈时，忽然间戏场周围响起一片枪声，战士们喊道："我们是红军，专打反动派，大家不要慌！"戏场里的地头蛇和乡丁们还闹不清是怎么回事，就已经见阎王去了。待到敌人从外面赶来时，我们的工作人员已趁着混乱撤退得无踪无影了。还有一次，冯白驹指挥游击小组伏击咸来反动民团，一个组往咸来新云村佯攻反动团董老窝，另一组在咸来据点至新云村之间的石板路边埋伏，新云村打响后，咸来据点的民团前往救援，遭到我游击小组的袭击，毙伤敌人数名。

同样，在六连岭地区，乐万县委将红军干部战士编成若干游击小组，打了不少小规模的游击战。1934年夏，县委得到坡罗民团团董嫖娼、团丁赌钱和抽大烟，据点防守松懈的情报，当机立断地布置游击小组前往袭击。游击小组设法弄了十几套国民党军服，化装成国民党军队，大摇大摆地进入坡罗据点，据点里的敌人见是正规军到来连忙出迎，我红军战士迅速抢占敌岗楼，正在里面赌钱、抽大烟的团丁们只好乖乖地举手投降，战斗只用了十几分钟，就缴获十几支步枪和一批子弹。

通过游击战，红军的政治影响日益扩大了，使人民群众看到红旗没有倒，共产党和红军还存在着，并且到处在打击敌人，从而对革命增强了信念，许多失散各地的革命人员闻讯归来，还不断有一些群众要求参加队伍，革命力量由涓涓细流渐渐汇成了江河。

1932 年秋，敌人向琼崖革命根据地发动反革命"围剿"。当时，由于受到"左倾"错误的影响，反"围剿"遭受挫折，损失极为严重，革命走向低潮。但是，以冯白驹同志为首的琼崖特委、琼崖苏维埃和琼文县委、琼东县委、乐万县委等党组织，依然坚持着艰苦卓绝的斗争。那时，敌人陆上包围、海上封锁，我方处于极端困难的境地。战士们在对付凶恶敌人的同时，还要同饥饿、疾病和自然灾害做斗争。

1933 年初的一天傍晚，我在六连岭上泉村的祠堂里召开党员骨干会议，突然外面传来急促的脚步声。"有情况！"游击队员向我报告。我连忙抓起驳壳枪向门外奔去，刚跨出门，就看到前面田埂上出现了一些人影。

"谁？站住！""是我，陈妖九！"打头的声音很紧张。

陈妖九原来是我们琼崖工农红军独立师第三团的排长。

红三团不久前从这儿向母瑞山一带转移时人不少，谁知这时只剩下陈妖九带着十几个战士回来，他们的衣服磨得破烂，赤着脚，有的扎着绷带，一个个脸上阴沉沉的。陈妖九喘着气告诉我们一连串不幸的消息：陈汉光警卫旅，还有空军，在海南岛许多红色根据地烧杀、抢掠、狂轰滥炸……琼崖特委和苏维埃政府被迫向母瑞山转移，敌人也跟踪尾追到母瑞山，红三团和红一团在山上阻击敌人，坚持了十多天，弹尽粮绝……王文宇师长带领部队突围，伤亡惨重，部队给打散了。陈妖九说着说着，双手捂着脸，伤心地哭了。

我带着陈妖九他们回到祠堂里，人们坐在铺上、地上、门槛上一言不发，有的一个劲地抽着水烟，心情像压着大石头一样沉重。我在桌前，呆呆望着这些战士，真想好好安慰一下，可是严峻的形势不能不使我把下步行动早早告诉大家："上级指示我们，坚壁清野，尽快撤出村庄，上山打游击，坚持到最后胜利！"这一下，沉闷的气氛打破了，大家嚷了起来，一个个满腹牢骚地盯着我。

"不能撤退！""这是逃跑主义！"

"撤退？"陈排长猛地站起来，跑到我身边，抓住我的双手，带着请求的眼光望着我说："肖书记，……"他还没说完话，眼泪就扑簌簌落在我的衣襟上，"为什么不跟敌人打一下就跑呢？我们还有赤卫队啊！……"

我解释了很久也没有能说服大家。夜深了，我心里很烦闷，走出门外，向岗哨走去。走着走着，忽听到远处一阵狂烈的犬吠。原来是我们派到龙滚镇了解敌情的游击队员许大叔慌慌张张地跑回来了。他向我报告说："情况严重！国民党军队两个团和乐会、万宁两县的'团猪'（民团）在分界、龙滚和阳江一带集结，看来明天就会向我们进攻！"他停了一下，又压低声音对我说："王文宇师长牺牲了！"

我一听，觉得大事不好。现在离天亮只有两个小时，必须立即撤出村庄，不能再迟延了。我找到县委几位同志商定后，向大家宣布："上六连岭！"一声令下，六连岭周围的几十个村庄都动起来了，老人、小孩、男男女女组成了一支长长的队伍向六连岭走去，十几个红军战士和所有的赤卫队员跟在后面。

"嗒嗒！"突然，就在我们的后尾，枪声响了，越响越急。这是在后面掩护的红军和赤卫队跟敌人打起来了。

等我们爬上六连岭，天也亮了。我们眺望四周，只见敌人在山脚下搭起了许多帐篷，把六连岭围得像铁桶一样。紧接着，迫击炮、机枪、步枪朝着山上轰击扫射起来，敌人的步兵在炮火掩护下从四面八方向我们冲来。我带着十来名红军战士在石狗嘴附近的谷口埋伏，眼看一股敌人向石狗嘴搜索上来。我回头一看，只见陈妤九往路口奔去。"干什么？"我心想。陈妤九赶到路口，双手扒开泥巴，好像在埋什么东西，埋完后很快又跟了上来。

他说："你看，你快看！"我抬头一看，敌人还在往上冲，冲到路口，突然听到爆炸声，原来是陈妤九埋的手榴弹开了花。我们趴在悬崖上，敌人就在悬崖脚下。我抢起手榴弹向敌人投了过去，战士们也抢起手榴弹向敌人投去。我再摸摸身上，心里一紧，完了：子弹打光了，我们仅有的手榴弹也都打光了。

陈妖九伏在地上握着枪，回头望着我，许大叔摸着胡子直跺脚。其实我心里比他们还急，"六连岭啊！六连岭！难道我们在这儿是走上了绝路吗？"我回头一看，山岭上森林茂密，近处岩石突兀，我站起身，抱起一块石头，顶在头上，用尽全身的力量朝悬崖下的敌人砸去。我挥手向战士们高声喊道："同志们！用石头砸呀！"几十个敌人挺着腰板，直向我们扑来。我们十来个人，十几双手，高举石块向敌人砸下去，敌人死的死、伤的伤，乱作一团。乘这个机会，我们钻进了深山密林，变得无影无踪了。

一连几天我们都在六连岭上巧妙地跟敌人周旋，依靠茂密的森林，常常东打几枪、西打几枪，搞得敌人晕头转向，但对我们又无可奈何。后来，敌人只好来一个"砍山捉鸟"，强迫群众伐木开路，在六连岭几十公里的范围内纵横修筑公路，把森林割裂成一小块一小块，企图摧毁我们的藏身之地。敌人为了隔断我们和群众的联系，还逼迫附近的群众"合庄并村"，把山下的村庄变成了荒无人烟的一片废墟。

回想两年前，就在这些村庄，红军东路军总指挥徐成章率领队伍誓师南征，群众敲锣打鼓欢送出征的红军；就在这儿，人们欢天喜地庆祝了第一个红色政权陵水县苏维埃政府的诞生；那时，这儿有马列学校、红军干部学校、女子学校、俱乐部、医院，还有党和政府的机关，显得热热闹闹。如今这一切被敌人摧残得荡然无存了。

我正想得出神，突然听到战士们紧急喊道："火！"只见山上的野草和灌木僻里啪啦地燃烧起来。敌人在放火烧山，浓烟把我们包围着，火势在向我们躲藏的地方蔓延。"嗒嗒嗒！""抓活的！"枪声、喊声交织在一起，一股敌人从前面的浓烟中钻了出来。我们还击了一阵，就钻进冒着火烟的左边的丛林里。

"抓活的！"迎面又遇上一股敌人。我们走投无路，四面都是伏兵，我们仅仅有十余个红军战士和一些赤卫队队员，还有大批携娘带子的群众，敌人却有两个主力团和两个县的反动民团数千人，情况十分危急。这时，排长陈妚九拿着打热了的驳壳枪，爬到我跟前，使劲推我一下，喊道："书记！你走！我掩护你！"

我看看这个消瘦的陈排长，犹豫着。他却头也不回，带着三个战士向敌人冲去。他边跑边对我喊："快！快走！"我只好带着另外几个战士钻进了一个石洞，石洞外枪声像炸豆一样响着。黄昏，枪声停息了，我爬出石洞刚走不远，发现三个红军战士牺牲了，石头上还沾着脑浆。烈士们是跟敌人经过了一场激烈的搏斗后倒下的，残暴的敌人砍去了他们的头颅，只剩下三具尸体。我们悲痛万分，默默无言地掩埋了烈士，又转移到另一个山头。

六连岭的夜，阴气沉沉，我们带着沉重的心情离开了这儿。我担心排长陈妖九的下落，便在山上寻找，不久终于找到了他。原来，陈妖九被敌人紧紧追赶着，他一面打，一面跑，正好跑到被敌人威迫来砍山的群众里面，藏了枪，敌人也追到群众跟前。"有一个共军跑到哪里去啦？"敌人问。有几个群众向后山一指，说："跑到那边山上去了！"敌人果真往后山追去。于是，陈排长脱了险，我们才有幸又相聚在一起了。

"现在，我们只剩下七个人了。"陈妖九心情沉痛地对我说。可敌人还在严密分割封锁，屠杀跟我们上山的群众，我们弹药缺乏，只好拾敌人的废炮弹，取出火药，装在玻璃瓶里做成土手榴弹回击敌人；我们削竹钩扦插在山道隘口，阻挡敌人；黑夜里，我们常常分散出去，摸掉敌人的岗哨，打击敌人。我们使用了一切可行的办法，但是敌人越来越多，包围圈越来越小，粮食奇缺，逼得我们不得不改变斗争方式。

我把跟着我们上山的群众召集到面前，说："乡亲们！大伙跟我们在山上转是没有出路了。党组织决定你们转移到外线去，在地下党组织的领导下，开展游击活动，跟敌人做斗争！"大家一言不发，只用埋怨的眼光盯着我。突然，人群中站出来一个50来岁的老同志，他冲着我说："书记，你叫我们下山？我拼着老命也不下山，要死大家一起死在岭上。"他是我们尊敬的许大叔。

"大叔！这是组织的决定。要么都困死在山上，要么下山去跟敌人斗争。"听我这么一讲，大叔叹了口气说："好吧！我执行决定！"大家七嘴八舌讨论了一番，便埋藏了粉枪，拖儿带女，沿着山坡悄悄回到敌占区去了。许大叔佝偻着身子，翻下一块岩石，忽然又爬到我跟前，气喘喘地说："书记，差点忘了告诉你藏粮的地方！"他说完了以后，往我手里塞了一盒东西，说："留给你吧！""火柴！"我激动了，他真为我们操心啊！我紧握着这盒火柴，望着大叔他们消失在山坳里，内心有一股说不出的滋味。

第二天清早，我和陈妳九等七位同志，找到了大叔藏粮的地方。可是敌人早已埋伏在山口，蜂拥地向我们追来，我们边还击边跑，粮食全丢光了。我们跑到一个洞口，迎面扑来一股腥臭，洞里堆满了尸体，有的没有头，有的流出了肠子，有的被杀害的孩儿还衔着母亲的乳头，尸体四周全是些打成碎片的饭锅、土罐，我们还在一些尸体上发现了几本染着鲜血的《农民协会入会须知》。显然，敌人在这里对手无寸铁的群众进行了野蛮的屠杀。

突然，陈妳九抱住个断了气的孩子泣不成声，牙齿咬得咯咯响。原来他抱的这个小孩正是他的侄儿，他跟前还躺着他大嫂的尸首。"跟他们拼去！"说着他走出洞外。

"妳九！妳九！你等一等，回来！"我一面叫喊着，一面跑着把他拉回来。他却挣扎着说："我要报仇啊！"这时我不禁泪水夺眶而出，好不容易才把他劝了回来。我们埋葬了死难的乡亲，默默离开了这个石洞，转到另外一处山洞。

群众下山后，已经20多天了，没有一个人能上山来。我们没有一粒粮食了，日子越来越艰难。我们七个人，到小溪里捞些小螃蟹、鱼虾，到山上捉小鸟，拾金橘子、牛奶子、山柑子等野果，就是靠这些东西充饥。我们长时间地这样生活，没有吃过粮食，没有尝过盐味；有的拉痢，有的水肿，一个个都病了。我们有时藏在岩洞里，有时躺在寮棚里，经常要防范台风、暴雨和山洪的袭击，要忍受山蚂蟥和蚊子的叮咬，真是度日如年。

有一夜，我们冒着台风，爬到一个叫"石龙县"（1928年革命失败后，党组织分散在山上各个石洞中，最大的石洞称为"石龙县"，其他的划为一区、二区、三区）的石洞，途中有个战士给台风刮倒了，差一点滚下悬崖去。陈妚九一把抓住他叫道："好危险啊！"天漆黑，台风刮得雨水、眼泪、鼻涕尽往嘴里流，全身起着鸡皮疙瘩，牙齿打寒战，好不容易才钻进洞里，大家就喊："烧火呀！"我掏出许大叔留下的火柴一看，火柴盒已脱了皮，明知淋湿了，我还一根根地擦，划完了也没点燃。没有办法生火，我们只得蜷缩在一起，小声地唱起了红军中最流行的歌曲："谁是革命的主力军，我们工农兵。不怕流血牺牲，迎接胜利的黎明。"

我们日夜盼望着，可还是没有一个群众上山来。这到底出了什么事呢？有一天夜里，我们在岩洞里突然听到"扑通”一声，接着就听到有人“哎呀”地痛苦叫喊。我们向发出呻吟的地方走去，忽然踩了一个饭团粘住了脚，我猜这一定是乡亲们送饭来了。再走几步，我摸到一个人，辨出来是许大叔。

微光照红他那古铜色的脸，他睁开眼睛，慢慢地说：“唉！好不容易才找到你们啊！”他带来了火柴，我们拾来一些干柴烧起了火，吃着饭团，听他讲起村子里的事情。“国民党军队封锁太严了，老早就想给同志们送点东西来，唉，没法子。”原来，群众下山以后，敌人就把他们集中起来派兵看守，还把他们赶到中心据点里去，规定每天只准两个钟头外出生产，不准超过时间。每个人发一条竹签，外出要填表登记，控制很严。敌人使的这套绝招，是想阻止人民群众对红军的支援，妄图把我们困死在山上。

临别时，许大叔贴在我的耳边说了联系地点和取东西的地点，然后恋恋不舍地再三叮嘱道：“别出去。国民党军队的便衣密探到处都是。”

第二天，我们悄悄爬出了石洞，到联络点去，可是扑了两次空，只在一个地点发现了一竹篓饭团、一些萝卜干和咸鱼仔，还发现一张报告情况的纸条。第三天，我们又派陈妚九再去，那儿传来一阵急促的枪声，还夹杂着敌人狼嚎似的喊声：“抓活的！”

我们急速穿过灌木丛，向枪声的地方奔去，只见陈妚九匆匆地向山上跑来，他说：“许大叔……给敌人杀害了。”

原来陈怀九去时，看见许大叔正挑着一担东西朝山上走来。陈怀九躲在石堆后正要去接他，不料十多个穿黑衣服的敌人已经从山里冲出来抓住了他。陈怀九正举起驳壳枪要打，又怕伤着他，他正跟敌人扭打在地上。敌人把许大叔绑在树上，拷问着："干什么来的？"

"挑粪！"

"粪下面为什么有粮食！"

"给我自己的！"

"胡说！给我狠狠打！"枪托、木棍雨点般地落在许大叔身上。

"共产党、红军在哪里？说不说，不说就杀掉你！"

许大叔骂道："匪徒们！杀吧！共产党红军到处都有，他们会替我报仇！"匪徒们几把刺刀一齐向许大叔刺去。

陈怀九排长看在眼里，心如刀绞，他举枪打死了一个匪军官，可是再也没有子弹了。

天刚黑，我们沿着山道摸去，想埋葬许大叔。到那儿，陈怀九掷去一块石头，没有动静。我们再走，忽然听得树林里沙沙作响，我怔了一下。"往哪里跑？"原来狡猾的敌人隐蔽在附近企图活捉我们，我们摆脱了敌人，钻进山林里了。

……

"找群众去！"我对同志们说。我们偷偷地向村子走去，村里到处是断墙秃壁，杂草齐腰，一片荒凉，连狗叫声也没有。我们走入几个草寮，只看见几个老人，可是没有一个人相信我们是红军游击队。他们揉着倦眼，声音颤抖地说："先生……""我们是红军……""我老头不懂什么红军白军，你们走吧！"他们都这样说。我们怀着失望的心情，离开了他们，只得白天躲在洞里，夜里出去行动，半夜三更我们再一次敲老乡的门，有个老乡终于问我们："你们是哪里的？""你叫什么名字？""肖焕辉！"他悲喜交集地说："果真是你啊！"他马上给我们捧来一碗番薯汤，待我们比亲人还亲。他们开始不敢相信我们，原来是因为国民党军队也经常化装成我们的人半夜叫门。以后，我们常常下山，得到了群众的了解和支持，并领导群众设法开展对敌斗争。

敌人实行移民并村，群众就在地下党支部领导下，集体请愿："要回家，要生产，要饭吃。"敌人的伙夫做好饭，群众就抢着吃，以致敌士兵吃不饱饭，互相吵架，埋怨长官，打骂伙夫，敌人只好在每天吃饭的时候派哨兵警戒。敌人在据点里进进出出，大家便在敌人长官的宿舍前前后后大小便，使敌人出入都要捂着鼻子走。无论白天黑夜，群众大吵大闹，假装互相打架，孩子啼哭；晚上偷偷破坏敌人住的房子、用具……敌人被弄得六神无主、进退两难了。

这一年，敌人庆祝"双十节"，全部官兵在操场上开会，只有伙夫在杀鸡宰羊。当伙夫摆好酒席时，群众便蜂拥而进，一面抢吃一面嚷道："来呀！大家来过年呀！"哨兵鸣枪威胁，操场上的敌人跑回来，但是东西已经被群众吃光。敌人端着刺刀、架起轻机枪，把群众包围了，凶狠地说："谁指使你们抢劫的，快说！"人们眼里充满仇恨，没有回答。

敌军官抓出了群众中的郭二公追问："是谁指使？"郭二公掀起衣角，指着肚子说："是它指使的！"敌军官打了郭二公几个耳光，骂道："胡说！你们简直是强盗！"郭二公被激怒了，闪着仇恨的眼光说："你们才是强盗！"敌军官拔出手枪，"叭"的一声，郭二公倒在血泊中。群众骚动起来，冲上前去抢死者的遗体，夺敌兵的枪支，赤手空拳和敌兵格斗。"枪毙我们也要吃饭！""不生产，没有饭吃，就吃你们的！""让我们回家生产！"

敌人软下来了，答应请示上级。终于，敌人让群众搬回家了。敌人移民并村的毒计失败了。

但是，敌人是不会甘心的，他们采取了新的花招，用金钱收买群众当情报员。可是，这些群众却变成了我们的情报员，不仅给敌人报告假情况，给我们报告新情况，而且设法从敌人手里收买弹药供给我们。有一次，敌人要进山"搜剿"，便先派这些"情报员"来侦察。这些"情报员"将敌人的阴谋报告了我们，趁着黑夜，我们把土制地雷埋在道路上，把竹钩扦插在道旁和山腰上，带着枪支、电光炮（烈性爆竹）埋伏在山林里。天蒙蒙亮，敌人上山来了，照例在半路上一面开枪壮胆，一面迂回前进，眼看进到了我们的伏击圈。陈�👈九首先开枪射击了，慌慌张张的敌人，踩着了竹头炮（竹头炮是用竹筒装上火药和碎锅片，绑上火柴杆，放在竹筒里。敌人一踩，火柴头就摩擦生火，火药就爆炸了），竹头炮爆炸了，敌人卧倒，正好被竹钩扦刺中，伸着脖子叫爹喊娘。我们点着了电光炮，电光炮虽然炸不死人，可是震得山谷雷响，吓得敌人回头乱窜，抬着死尸和伤兵狼狈逃跑了。

敌人勾结逃亡到城市的地主恶霸，回到六连岭的村庄倒算勒索，强迫群众做苦工。群众就常在路边伏击地主，将其装在麻袋里绑上石头，沉到龙滚河去。如果地主身后跟着敌兵，群众就报告我们去打伏击消灭他们。这样，周围村庄虽然在敌人占领下，但多数地主却不敢回来，先前分得的土地仍在群众手里。

我们下山后，走遍了六连岭周围的大小村庄，动员群众取出了埋藏的粉枪，恢复了赤卫队和各种组织。我们经常化装成卖烟丝糖果的货郎担子和猪仔贩子，四处散发传单，联络同志；我们混进戏场圩集，袭击敌人，夺取武器武装自己。

1934年清明时节，陈奵九排长带着一名战士利用家家户户扫墓的机会，扛着锄头，携着明香宝烛、饭团、猪肉和酒，到菠萝据点去侦察敌情。去前听说这个据点的敌军只剩下十余个"团猪"，我们决定拔除它。但是这个据点很坚固，而且离龙滚镇不远，干起来很棘手。

陈奵九和战士向据点附近走去，敌人哨兵向他们发问：

"你们是干什么的?"

陈妩九放下锄头,镇静地回答:"扫墓的!"他们一面锄着墓上的杂草,一面侦察着敌据点。据点是六角形的,四周是围墙,围墙外面有一层铁丝网和一条断沟,中间是炮楼⋯⋯

他们侦察完了,沿着公路往回走。这时,牛蹄村的方向出现了五个敌人,前头那个戴着大檐帽。"小王,烧香烛呀!"陈妩九向那个战士说。他俩停在墓边,摆上祭品,一个劲地拜着。第二天,他们又到原来的地方侦察,摸出了敌人的活动规律,决定采取行动。

当天晚上,陈妩九带着十几个红军游击队员,在鸡啼时分,到达牛蹄村附近,蹲在路旁的荞荞堆里。天亮了,远远的坡上出现了五个敌人。同志们紧握驳壳枪,敌人进入了伏击圈,一阵密集的子弹将五个敌人打倒在地,他们换上了敌人的服装,有的化装成敌人伤兵,向菠萝据点进发。一辆汽车开来,陈妩九拦住了车,对司机说:"请帮忙,把这些伤兵送到菠萝据点去。""是!是!"司机不敢怠慢,满口答应了。

他们上了车,车厢里除了几个商人外,都是布匹和杂货,一个大肚子商人连忙掏出香烟,讨好地说:"抽吧,你们是到六连岭剿共回来的吧?唉!真辛苦了!"汽车一直开到菠萝据点。

"你们是哪部分?"敌哨兵问。"便衣队!"陈妩九平静地答道。"干什么?""送伤兵!"

陈妖九反问道:"你们团董呢?""在楼上。"哨兵抢着说,"他正在午睡。"

陈妖九和小王冲到楼上,只见一个国民党军官躺在床上。"喂,该起床了!"陈妖九用枪指着他,"把枪拿来!""你们是干什么的?"军官茫然地说。"我们是工农红军游击队!"那家伙伸手摸出枕头下的驳壳枪企图反抗,小王眼明手快,"砰砰"两枪就把他击毙了。

陈妖九和小王走下楼,楼下的敌人举着手站在战士们面前,不断叫着:"饶命呀!"

我们在得知冯白驹同志母瑞山突围成功的消息之后,受到很大的鼓舞,决定逐渐由六连岭向外面广大农村转移,到平原和沿海一带村庄去开展斗争,准备迎接新的革命高潮的到来。

红军回来了

陈　英　王乃策

琼崖红军第二次反"围剿"失败之后，琼崖大地笼罩在一片白色恐怖之中。冯白驹带领20多名红军战士从母瑞山突围回到琼文地区，首先着手发展红军武装，神出鬼没、飘忽不定地四处打击敌人。

1934年5月，潜伏在各地的红军战士和党员同志陆续归队，同时还有一些新同志加入了我们的战斗行列。人数逐渐多起来了，但枪却很少，特别是适应于游击小组行动的驳壳枪更少。有一天，冯白驹把我叫去，亲切地对我说："宗华（我的原名），我们现在急需驳壳枪，这个情况你也清楚，你们游击小组能不能想办法去弄几支？"

经过一番侦察，我们打听到紧挨着灵山圩的灵山村里有一个姓陈的大地主，家里有钱有势，他的两个儿子在国民党军队里，一个当团长，一个当营长，家里藏有驳壳枪。这天，我装扮成风水先生，故意在地主宅院门前一棵大树下给村里人看手相，我们游击小组的同志也装成过路人，围上来要我相面，很快地灵山村的不少大人小孩都围过来看热闹。但是那地主仍不出来，仅是半开那两扇用檀木做的黑漆大门，从门缝里露出脑袋望了望，过了一会儿又缩了回去。

这时，我们的一个同志故意指了指地主的宅院，对我说："风水先生，你说你会看风水，那你说这户人家风水好不好？"

我估计这地主听了此话会躲在门后听下文，于是故意晃了晃脑袋说："后有山，前有塘，财多势大人丁旺。"说到这里，我咂了咂嘴巴说："可惜呀！一只白虎占中堂，就怕福气不久长。"

听了后两句话，那地主赶紧打开大门走了出来。我仔细看了这家伙一眼，他穿着一件马褂，是六十开外的人，走到我跟前拱手对我作了个揖，说道："风水先生，你说的可是真话？"

看到这家伙上钩了，我便一本正经地说："我走南闯北，谁不知我这风水先生的大名？我与你素不相识，平白无故骗你干什么？"

"那你说如何驱赶这占居中堂的白虎？"地主急不可待地问我。

"这好办。明天，你去买一丈黑布，从正厅的中堂挂到门口，我当着众人的面把白虎抓出来给你看。"

到了第二天上午，我们游击小组事先做了周密的布置，两个人监视灵山圩方向，以防敌人突然出动，我和另一个同志对付狗地主。当我来到地主的宅院时，门前已围了不少人，村里的群众都想亲眼看看我们是怎样抓白虎的。

到了地主家后，我以防白虎逃跑为借口，先巡视了一遍宅院，弄清狗地主放枪的地方。为了赶跑地主家那群又大又凶的恶狗，我又胡说："家犬在庭院，必为虎伥，这白虎恐怕难抓。"这狗地主一心想抓白虎，听了我的话后，二话不说，便差家丁把家里那群恶狗全部赶到了野外。

待所有的人屏息静气时，我开始抓白虎了。我把一张事先用稀饭汤画上虎符的白纸，故意让众人看到纸是空白的，而后放在客厅的中堂上，并差人拉起一匹黑布，从中堂拉到大门，然后口含米酒四处喷射，口中念念有词："铁笼挂黑布，仙水降白虎。"还呢呢喃喃地念了一些谁也听不懂的话语。末了，高喊一声："白虎，你的末日到了!"说着，我拿起已被酒弄湿了的白纸，只见纸上显现了一只老虎的形状。那地主一见，乐得手舞足蹈，咧着口直叫："白虎抓到了! 白虎抓到了!"

当地主正乐得眉开眼笑时，一直站在一旁看热闹的我们的同志，迅速从腰间拔出驳壳枪，对准狗地主的心窝，喊道："我们是红军，赶快把驳壳枪交出来!"顿时，这家伙吓得面色煞白，像一堆肉团似的瘫倒在地，我便趁机冲进地主的睡房里搜出了两支崭新的驳壳枪。

站在门口看热闹的群众，都是灵山村里的农民，平日受尽了这地主的欺辱和压榨，心中积满了怨和仇。如今看到出气的时机已到，都高声喊着："打死他！打死他！"为了给农民们报仇雪恨，也为了扩大我军的政治影响，我们便一枪结束了这只"恶虎"的性命，对群众做了简短的宣传鼓动，告诉人民群众：红军并没有被消灭，革命一定会胜利！然后从容地撤离灵山村。

一天，我们游击小组接到新的战斗任务，准备闯入琼山县云龙乡龙上村反动民团的炮楼，劫取敌人的驳壳枪。当时，我们游击小组的其他同志都外出执行任务去了，只剩下我和吴白天同志。我受领任务后，二话没说，就和吴白天出发了。

我们经过一番侦察，得知龙上村炮楼里有20多个人，配有20多条枪、2支驳壳枪，团丁都是龙上村的人。白天，他们都回家或到云龙圩去闲混，把枪集中放在炮楼里，由两人看守，到了晚上才集中睡在炮楼。根据这些情况，我俩认为，尽管白天行动很容易被人发觉，但也有不少有利条件，炮楼里人少，敌人麻痹，发起突袭容易成功。于是，便决定白天行动。

敌炮楼虽然紧靠着路边，但白天大门紧闭，如何才能进去呢？这时，已近晌午，天边乌云滚滚，稀稀拉拉地落起雨点，眼看一场大雨就要降临。在我们前面不远处有两个挑番薯的中年妇女正急匆匆地朝炮楼走去，看样子是龙上村的人。见此情景，我脑子一转，一个主意便冒了出来。我俩大步流星地追上去，和这两个妇女拉上话："婶子，我们是过路的，眼看就要下雨了，不知前面的炮楼能否让人避雨？"

"做得，大雨已到，我们两人不能赶回村了，也正想去避雨哩。"其中一个妇女搭腔。于是，我俩便跟着这两个挑番薯的妇女走近了炮楼。

"喂，开门，让我们进去躲雨。"一听到这两个妇女的喊声，只见炮楼大院的门"呀"的一声打开了，一个汉子站在门口用眼睛在我们身上转了一圈，就转身走开了。我们便走进了炮楼大院，借着避雨的当儿，我仔细地观察：紧接炮楼院门的两侧是厢房，厢房的左边是厨房，另一面是柴火房，院门对面就是炮楼。整个炮楼里没见任何人走动，只有刚才开门那汉子坐在厨房里，跷着二郎腿，优哉游哉地哼着小曲，啃着猪蹄，在独饮。

这正是下手的好机会，我迅速从腰际拔出驳壳枪，"叭"的一枪，就把这个家伙打了个四脚朝天，桌上的酒也洒了一地。我走近一看，子弹打碎了他的天灵盖，已经无法动弹了。我便提着枪，迅速冲上炮楼，从敌人睡觉的枕头下和一个藤箱里翻到两支驳壳枪，接着又迅速把敌人集中放在炮楼上的20多条步枪的枪栓全部卸下来，用麻绳捆成一串背在身后，走下了楼。

枪一响，那两个妇女"呀"的一声，吓得直哆嗦。吴白天便上前去对她俩说："不要怕，不要怕，我们不是土匪，是专打那些作威作福欺压穷人的坏家伙的红军。如果你们怕引起麻烦，就赶紧离开这里。"听吴白天这么一说，那两个妇女便赶紧挑起番薯，走出了炮楼。

枪声响后不久，村子里便锣声大作，乱哄哄的人群正迅速向炮楼围过来。但这时，我俩已事功告成，便迅速冲出了炮楼院门。当我俩冲出炮楼大院后，团丁们并不直接追赶我们，而是迅速冲上炮楼，企图用枪打我们。吴白天见景便催我："快跑，要不然会挨子弹的。"原来，在紧急中吴白天还没注意挎在我身后的那串枪栓。我知道我们已完全脱离危险了，便放慢了脚步，笑着说："别怕，咱们就是站稳他们也打不中。"当吴白天看到那串枪栓时，说道："好啊，敌人的枪全变成烧火棍了。"

一天午饭后，刚参加红军游击队的小韩把我拉到一棵大榕树下，眼含悲泪对我说："队长，替我报仇吧！"说着，给我讲了他家的不幸遭遇。原来，离文昌县城不远处有个潭牛圩，圩上住着一个坏得流脓的家伙，就是潭牛乡的韩乡长。这家伙纠集一帮流氓烂仔，成立联防队，自封为队长，并在潭牛圩附近盖起一座炮楼，霸地为王，私设关卡，随意敲诈勒索。这家伙最狠毒的一手，就是动辄指控某某是"共匪"或"匪属"，强行把人抓走，然后漫天出价，要家人拿钱来赎回。若不凑够钱，就重刑处罚，轻则残废，重则身亡。当地群众都恨不得把他剁成肉酱，但因惧于他手下那帮恶棍，只是敢怒不敢言。近日，这恶霸又强行把小韩的哥哥抓进炮楼，小韩的母亲东借西凑，好不容易凑够钱去把人赎回时，他哥哥已被打成残废。讲到这里，小韩拉着我的手说：“当地群众都盼着红军去，但又认为红军闹不起来，不敢到潭牛一带去，我们可得出这口气！”

听了小韩的诉说，我也恨不得立即去把潭牛炮楼铲平，把敌联防队砸个稀巴烂。但是，一想到潭牛圩地处平原，紧靠敌正规部队驻守的文昌镇，队伍不易隐蔽出击、迅速撤离，便觉得此事千万不能鲁莽。于是，便安慰了小韩一番：“你放心，我们一定设法挖掉这个脓疮。”

经过一番侦察和周密部署，我们终于制定出一个智袭潭牛炮楼，铲除反动乡长的作战方案。这天，是潭牛圩的集市日，当日上三竿时，我们支队的七八名战士，有的挑柴火，有的挑瓜菜，有的挑木炭，有的装扮成走江湖的，我则挑着一担豆腐脑，混在赶集的人群中，向潭牛圩走去。走近炮楼时，我故意边碰击碗勺边吆喝起来：“豆腐脑，豆腐脑，连吃三碗还嫌少。”那个在炮楼门口站岗的哨兵一听见我的吆喝，涎水直流，忙对我招手：“卖豆腐脑的，过来，让老子尝个鲜。”

我立即把挑子放在炮楼门口，敌哨兵打上一大碗豆腐脑，还多放了不少糖。那哨兵吃完一碗后，美得直顺嘴巴，并给我递上了钱，我用手推开了伸过来的钱，笑着说：“算是给您尝味，这点小意思何必那么认真。”接着，我又给他打了一大碗，趁他呷巴呷巴吃得正来劲时，我便开口说：“老总，圩里太热闹了，我进不去，我干脆在这里摆摊算了。""好说，好说。"那哨兵一边吃着豆腐脑，一边说，"不过你把挑子靠边一点。"

于是，我便在炮楼一旁叫卖起来，我一吆喝开，我们那些挑柴火、木炭、瓜菜的同志都围了上来，争着买豆腐脑吃，在你争我拥时故意互相破口大骂、动手打起架来。

"丢你妈，找乡长评理去，你因敢乜（海南话：为什么）打人?"一个高声叫嚷。

"找就找，乡长就在炮楼里，到哪儿评理我都不怕。"他们两人你推我拉地要进炮楼。

站在一旁站岗的哨兵见他们要进炮楼找乡长评理，也不加阻拦，竟闪在一旁让他们进去。他俩上炮楼后，只见韩乡长正和几个团丁在推牌九赌博，他们不管三七二十一，上前就大吵大闹起来，公说公的理、婆说婆的理，要乡长明断。这乡长也是个敲诈勒索的能手，他摸着下巴听完各人的申诉后，眼睛一瞪厉声喝道："你们这两个废物，在青天白日下打架，扰乱秩序，本应重惩，但念你俩是初犯，每人罚大洋10元。"

"哎！今日真是碰鬼！"两个吵架人垂头丧气地伸手掏钱，冷不防抽出驳壳枪，大声喝道："我们是红军，你这条恶蛇的末日到了!""砰"的一声，将这个平日作威作福的凶神恶煞击毙，其余那几个家伙也被五花大绑捆在一起。

炮楼里枪声一响，我和楼下的同志迅速地下了哨兵的枪，把他收拾了，然后在炮楼墙上贴了一张铲除恶霸，为乡民伸张正义的布告。待我们进炮楼的同志撤出时，便用一个事先准备好的大铁锁锁住炮楼大门，然后迅速撤离。那些到潭牛圩的茶楼酒店里胡混的团丁听到枪声，知道事情不妙，赶紧向炮楼跑来。等敌人三三两两地回到炮楼时，我们已撤退得无影无踪了。

我们袭击潭牛炮楼的消息立刻传遍了整个琼文地区，加上我们各个游击支队又四处骚扰，搅得敌人心神不宁，连敌人都在私下传着：得小心点了，红军又回来了。

云龙改编

马白山

1936 年底，由于西安事变的和平解决，全国抗日统一战线初步形成。在国共关系好转的情况下，根据党中央的方针政策和南委的指示，1937 年 7 月，中共琼崖特委主动给琼崖国民党军政当局写了一封信，提出了琼崖国共两党应以民族利益为重，停止内战，团结抗日的主张；表示在团结抗日的前提下，愿意将琼崖红军改编，以致力于抗日保乡事业；建议双方派出代表进行谈判；要求国民党当局对琼崖特委的主张和要求在报纸上公开答复。

不久，琼崖国民党当局同意了我党提出的要求。琼崖特委于 1937 年 8 月派出乐万县委书记李黎明为我方谈判代表，前往琼山府城镇同国民党当局谈判。

谈判开始，我方代表首先表明琼崖特委坚决贯彻中共中央关于停止内战，一致对外的方针和决心，表明琼崖我党我军积极参加抗日卫国的殷切希望，并提出了琼崖特委关于改编红军的条件。但琼崖国民党军政当局毫无谈判的诚意，采取威胁、利诱等手段，妄图吃掉琼崖红军，致使谈判时断时续，没有取得进展。

为了推动谈判，造成全岛的抗日声势，琼崖特委和各级党组织广泛开展了抗日救亡宣传，并对国民党中下层爱国官兵进行统一战线工作。当时，琼崖特委出版了《救亡呼声》（后改为《新琼崖》），宣传我党停止内战，团结抗日，建立抗日民族统一战线的主张和开展抗日救亡运动的形势。各县委也派党员主办或支持出版各种刊物，发表抗日救亡文章，进行抗日宣传。各中学普遍利用校刊大造抗日救亡舆论。各种救亡刊物，及时反映当时轰轰烈烈的救亡运动，揭露日本帝国主义侵华的野心与暴行，诉说国破家亡之痛苦，赞扬共产党倡导抗日民族统一战线的主张，呼吁国民党以民族利益为重，停止内战，迅速达成国共合作团结抗日的谈判协议。特委宣传部门在海口市开办大众书店，爱国青年史中坚受我们影响，在昌江县新街圩开办时代书店，儋县的吴绍荣等人在儋县新州镇开办大众书店，推销进步书籍，为抗日救亡制造舆论和提供理论依据。府海地区各中学以及文昌中学、琼西中学、儋县中学、昌江各小学的爱国师生，在我党的领导下组织抗日救亡宣传队、剧团，广泛开展抗日救亡宣传活动，使广大城乡人民受到深刻的教育。

有我党组织为核心的县、区，普遍成立抗日后援会和工人救国会、农民救国会、青年救国会等抗日救亡团体。一些爱国的国民党县、区、乡长在我党统一战线工作的影响下，也支持我党和群众团体开展抗日救亡运动。如临高县县长吴宗泰受我党及其在延安抗大学习的胞弟吴宗汉的影响，安排共产党员担任3个区的区长和23个乡的乡长（全县共3个区33个乡），使全县抗日救亡运动轰轰烈烈地开展起来。儋县县长陈宗舜接受我党组织意见，支持抗日后援会和共产党员领导的儋县中学宣传队，开展抗日救亡宣传活动。昌江县国民党党部特派员林超宇经我统战工作，不仅自己支持爱国青年成立县抗日后援会，支持学生和人民群众开展抗日救亡运动，而且和感恩县国民党党部特派员史丹取得联系，共同宣传我党团结抗日的政治主张。史丹还亲自参与抗日救亡宣传队在街头的宣传活动，并支持他的胞弟史中坚开办时代书店，还把他在昌江创办的琼海中学琼西分校，作为培育抗日骨干的基地。

广大人民群众和爱国人士这种要求团结抗日的积极举动，对于琼崖国民党当局坚持"吞并""溶化"红军游击队的顽固立场，无疑是一股强大的压力。这时，日本侵略者的魔爪已经开始伸向琼崖，1938年9月24日日本飞机轰炸海口、府城，9月30日日本军舰窜犯榆林港。面对日本侵略军的逼近，国民党最高当局居然调走正规军，让地方保安部队来守卫琼崖。琼崖当局深感内受民众之责，外遇强敌之扰，不得不改变谈判态度，于1938年10月22日同我方达成团结抗战的协议。

协议的主要内容：一是琼崖国共合作的根本目的是抗日；二是琼崖红军改编为广东民众抗日自卫团第十四区独立队，在政治上组织上保持独立自主；三是独立队为1个大队建制，下辖3个中队。独立队和3个中队的正职由我方派人担任，副职由国民党委派，但须经共产党同意；四是独立队队部设政训室，人员由共产党选派；五是国民党琼崖守备司令部按独立队编制，每月发给军饷8000元。

琼崖国共双方达成团结抗战的协议，表明琼崖抗日民族统一战线正式建立。中共琼崖特委本着协议的精神，积极做好红军改编的思想、组织准备。1938年11月，特委讨论决定了改编的几个重要问题。一是按3个中队建制组建部队，以200多名红军为主体，以各县委掌握的民众武装加以补充。独立队共300多人枪，编成3个中队和1个短枪分队，每个中队辖3个小队，每个小队辖3个班，每班编制员额为9～12人。二是军政干部主要从老红军指战员和有军队工作经验的地方各级党政干部中选定，冯白驹为独立队队长，我为独立队副队长，张兴为政训室主任、李黎明为政训员，谢李森、陈玉清为独立队副官，林国柱、叶连芳为医官，黄振亚为行政书记；黄大猷为一中队队长，黄天辅为二中队队长，张缵薪（后吴克之）为三中队队长，陈克邱、林豪、莫逊分别任3个中队的司书，负责中队的党务和政治工作。黄云、林天德、王道显、王永信、王治民、朱克平、许克夫、冯振强、陈求光、欧邦禹等为小队长。此外，同意国民党派刘振汉为独立队队副，符荣鼎（中共地下党员）为一中队副队长、陈卓为二中队副队长、吴定中为三中队副队长。三是决定以党组织较强、群众基础较好、有利于战时转入农村开展游击战争的琼山县云龙圩为改编地点和部队驻地。队部和第二中队驻云龙圩，第一中队驻儒来村，第三中队驻多能村。

12月5日上午9点，改编仪式在云龙圩六月婆庙隆重举行。全体官兵身穿灰色军服，全副武装，排成三列横队，队伍整齐威武，指战员们斗志昂扬。上万名群众和各界人士敲锣打鼓前来祝贺，院内慰劳品堆积如山，写着"抗日先锋""人民救星""人民先驱""人民子弟兵"的锦旗彩匾挂满庙堂，院外爆竹齐鸣、锣鼓喧天，口号声此起彼落，充分显示出广大人民群众对子弟兵的拥护和支持，也充分体现了独立队和人民群众的密切关系。

国民党琼崖守备司令王毅、副司令杨永仁前来参加改编仪式。王毅宣布广东民众抗日自卫团第十四区独立队正式成立的命令，并向独立队队长冯白驹授军旗、印章，接着发表了讲话。冯白驹同志也代表独立队全体官兵讲了话，表示誓死保卫琼崖的决心，并带领全体官兵振臂高呼"坚决抗日，保卫琼崖"等口号。紧接着举行了庄严的检阅仪式，检阅时队伍由吴克之同志统一指挥，他按照正规部队那一套来要求部队、指挥部队，操练起来步伐整齐、口号雄壮。王毅等人完全没料到，这支草莽出身的部队竟然这么训练有素。

我们的操练是十分成功的，虽然我们的装备很差，都是那些汉阳造和土造单响步枪，但是指战员都有誓与日寇血战到底的决心和气概，具有任何困难都吓不倒的精神，更何况其中的五六十名骨干还是土地革命时期留下来的老同志。因此，整个部队的精神面貌很好，操练起来雄赳赳、气昂昂的，很有一股所向无敌的英雄气概。这就难怪王毅等国民党军政要人惊讶了。看到我们的队伍那么雄壮威武，广大人民群众则十分高兴。看完检阅之后，塔市乡的一位德高望重的老绅士跷起大拇指啧啧称赞道："唔！这才是克敌之军，国家和民族的栋梁呢！"

这次云龙改编意义是十分深远的，它既是改编的大会，也是抗日的誓师大会，大大地鼓舞了琼崖人民团结抗日的信心和勇气，是琼崖人民革命斗争史上的新起点。

改编后，独立队在琼崖特委和冯白驹的领导下，争分夺秒地开展政治教育和军事训练，并派出抗日工作队，深入周围村镇发动群众。指战员牢固树立起抗日救国、勇为民族牺牲的思想，提高了作战能力，密切了军民关糸。一支新型的人民军队出现在琼崖人民面前。

云龙改编建立起来的这支人民军队，在 1939 年 2 月 10 日日军侵占海南岛时，打响了琼崖抗战第一枪。后来，又在抗日烽火中不断发展壮大，先后扩编为独立总队、独立纵队，迎来了抗战胜利。在解放战争中，这支部队得到了更大的发展，改为中国人民解放军琼崖纵队，人数从云龙改编的300多人发展到 2 万多人，为海南岛的解放事业做出了卓越贡献。